De Cock en een dodelijke dreiging

A.C. Baantjer

De Cock
en een dodelijke dreiging

Fontein Paperback

Eerste druk 1988
Twintigste druk 2000

ISBN 90 261 0323 9

Omslag: Studio Combo
Omslagfoto: Maran Olthoff

1

Rechercheur De Cock van het aloude politiebureau aan de Amsterdamse Warmoesstraat voelde zich onrustig. Het was alsof vreemde impulsen, van veraf komend, in de gevoelige uiteinden van zijn zenuwen prikten. Hij trachtte die impulsen te analyseren. Het lukte niet. Ze waren te zwak, te onbestemd.
De oude speurder liet zijn vingers op de toetsen van zijn schrijfmachine rusten. Zijn blik gleed omhoog naar de klok in de grote recherchekamer. Het was vijf voor half elf.
Nog een goed half uur, dan kon hij naar huis, naar zijn vrouw en een kop dampende soep. Hij glimlachte vertederd. De onrust week even. Soep na de avonddienst... al jaren een vast ritueel in Huize De Cock.
Tegenover hem was zijn assistent Vledder ingespannen bezig om een brief in een krabbelig handschrift te ontcijferen. De jonge rechercheur keek even op.
'Dit is voer voor grafologen,' verzuchtte hij. 'Wat een verschrikkelijk priegelschrift. En dat moet nog wel een dreigbrief voorstellen. Er is uit die krabbels nauwelijks op te maken wat de briefschrijver bezielt... wat hij precies wil.'
De Cock voelde de onrust weer aanwakkeren. De woorden van zijn jonge collega gleden langs hem heen... bereikten hem slechts ten dele. Met een wrevelig gebaar trok hij een begin van een procesverbaal uit zijn schrijfmachine en wierp het in een lade van zijn bureau. Er gebeurde iets, zo voelde hij, buiten, in die donkere wereld. Hij kwam traag uit zijn stoel overeind, slenterde naar het raam en bleef daar staan, zacht wiegend op de ballen van zijn voeten.
Bij vlagen kletterde een felle regen tegen de ruiten. Opgejaagd door een straffe wind schommelden de zware hanglampen boven het midden van de straat. Schaduwen zwiepten heen en weer.
Vledder kwam naast hem staan.
'Het is buiten hondeweer,' sprak hij huiverend. 'Ik hoop dat ze ons vanavond verder met rust laten. Ik ga met dit noodweer niet graag op pad.' Hij keek de oude rechercheur van terzijde bezorgd aan. 'Wat is er? Heb je geen zin meer?'
De Cock wees brommend naar zijn bureau.
'Wij, politiemensen, brengen veel te veel tijd achter die schrijfma-

chine door. Ik krijg steeds meer een hekel aan dat schrijfgedoe. Het heeft zo weinig zin. Het meeste verdwijnt toch in die grote prullenbak van de Officier van Justitie.'
Vledder trok gelaten zijn schouders op.
'Wat wil je daar aan doen?'
'Elke rechercheur zijn eigen secretaresse.'
De jonge rechercheur lachte vrolijk.
'Een mooie met een uitbundige buste.'
De Cock negeerde de opmerking.
'Wij zouden,' sprak hij ernstig, 'als rechercheur meer vrijheid van handelen moeten hebben. Het is toch te gek dat wij elke ambtelijke stap in uitvoerige rapporten en processen-verbaal moeten vastleggen... dat wij vrijwel voortdurend bezig zijn om ons gedrag te rechtvaardigen. De huidige generatie advocaten begint direct te zeuren over on-recht-matig verkregen bewijs en dat soort onzin meer. Bewijs is naar mijn gevoel bewijs... niets meer en niets minder.
'Folteringen en tortuur zijn terecht uit onze procesgang verdwenen. De beruchte duimschroeven en de pijnbank zijn tegelijk met de biechtkinderen* verhuisd naar de rariteitenzolder van ons strafrechtelijk verleden. En dat is een goed ding. Er zal niemand zijn, die naar die tijd terugverlangt.
'Maar de spelregels zijn de laatste jaren zozeer in het voordeel van de criminelen uitgelegd, dat er van 'spel' vrijwel geen sprake meer is. Ik voel mij als politieman door de overheid puur in mijn hemd gezet.'
Vledder gniffelde. 'Je roodbaaien hemd.'
De Cock reageerde niet op het grapje. Hij wees voor zich uit. 'Daar, aan het eind van de steeg is 'Onse Lieve Heer Op Solder', een oude schuilkerk en nu het mooiste en zeker het lieflijkste museum, dat ik in ons Amsterdam ken. Maar om vanuit dit politiebureau bij 'Onse Lieve Heer' te komen, moet ik door die steeg en die is genoemd naar Heintje Hoek... in zijn tijd een zeer geducht zeerover.' Hij spreidde zijn beide handen. 'Daarin schuilt een brok symboliek.'
'Waarvan?'
'Van ons werk... van ons werk als rechercheur. Om ons doel te bereiken zouden wij de vrijheid moeten hebben om desnoods over kronkelige wegen te gaan.'

* Zo werden de verdachten genoemd die tijdens een foltering werden verhoord.

Vledder keek hem beteuterd aan.
'Ik begrijp je niet helemaal.'
De Cock zuchtte.
'Jaren geleden behandelde ik eens een inbraak... een inbraak in een werkplaats en een groot magazijn van een bonthandel.' De oude rechercheur keek ineens ontspannen. 'Echt, een schat van een kraak. Een juweeltje. Geen ruw en onbehouwen breekwerk, zoals je dat tegenwoordig veelal aantreft, maar prima vakwerk. Uit mijn onderzoek bleek, dat uit het enorme magazijn alleen de duurdere bontmantels waren gestolen... hermelijnen en nertsen. De dief was uiterst selectief te werk gegaan. Voor de mindere bontsoorten had hij geen enkele interesse getoond.
'Ik kende in het wereldje van de penoze maar één man die iets van kraken... én van bont afwist. Dat was Handige Henkie, met wie ik als rechercheur al vaker iets van doen had gehad. Ik ging naar hem toe en zei hem, dat ik hem verantwoordelijk achtte voor die kraak en stelde hem voor om mij de bontmantels terug te geven. Henkie lachte mij vierkant uit en vroeg: Waar is je bewijs?'
Vledder glimlachte.
'Dat had je niet?'
De Cock schudde zijn hoofd.
'Ik had geen enkel bewijs. Toch nam ik hem mee naar de Warmoesstraat voor een nader verhoor. Dat verhoor leverde niets op. Handige Henkie ontkende niet. Hij zei alleen: Bewijs het mij maar. Uiteindelijk bracht ik hem naar de cel en dacht na.'
'Ik kwam toen, naar mijn gevoel, op een lumineus idee. Ik belde de directeur van de bonthandel en vroeg hem of hij mij tijdelijk een partij bontmantels kon bezorgen van dezelfde omvang en kwaliteit als die uit zijn magazijn was gestolen. Dat kon en nog diezelfde middag werden de mantels mij gebracht. Hier, in de grote recherchekamer, smeet ik ze wat onverschillig op een paar aaneengeschoven tafels en haalde Handige Henkie uit zijn cel. Nou, zei ik, wijzend naar het bont, heb je nog wat te zeggen? Henkie staarde met kennersogen naar de stapel mantels. 'Gut,' riep hij onaangenaam verrast, 'heb je ze toch gevonden?'
Vledder schaterde het uit.
'Prachtig... prachtig.'
De Cock knikte traag.
'Dat vond ik ook, maar tijdens de rechtszitting,' sprak hij somber,

'ging de advocaat van Handige Henkie furieus tegen mij tekeer. Volgens hem had ik zijn cliënt op ongeoorloofde wijze misleid. Zonder die misleiding, zo bepleitte hij, zou ik in deze affaire nooit tot een sluitende bewijsvoering zijn gekomen.'
Vledder fronste zijn wenkbrauwen.
'Dacht Handige Henkie er ook zo over?'
De grillige accolades rond de mond van De Cock dansten.
'Toen Handige Henkie de waarheid vernam, vond hij het feitelijk wel een goede mop. In tegenstelling tot zijn raadsman toonde hij een oprechte bewondering voor de manier, waarop ik hem tot een bekentenis had verleid. Zoals je weet, werd hij later een goede vriend, op wie ik altijd een beroep kon doen.' De oude rechercheur tastte in zijn broekzak en nam daaruit een koperen houdertje waarin uitschuifbaar een keur van stalen sleutelbaarden. 'Toen Henkie zijn straf had uitgezeten, kwam hij mij dit brengen. Ik ga niet meer op pad, zei hij. Ik heb er een streep onder gezet. Voorgoed.' De Cock grinnikte. 'Ik heb hem toen het baantje van magazijnmeester bezorgd... bij diezelfde bonthandel waar hij had ingebroken. Henkie werkt daar nog steeds.'
Vledder grijnsde.
'Ik denk, dat jij van dat apparaatje inmiddels meer gebruik hebt gemaakt, dat destijds Handige Henkie.' De jonge rechercheur liep terug naar zijn bureau. 'Ik ga nog even verder met die dreigbrief.'
De Cock sjokte achter hem aan.
'Hoe kom je aan die brief?'
Vledder gebaarde naar de stoel naast zijn bureau.
'Vanmiddag, terwijl jij weg was... broodjes halen voor de lunch... plofte hier een man neer. Hij nam deze brief uit de binnenzak van zijn colbert, gaf mij die en zei: Ze dreigen mij te vermoorden.'
De Cock liet zich in zijn stoel zakken. 'En verder?'
De jonge rechercheur maakte een hulpeloos gebaartje
'Er is geen verder.'
De grijze speurder keek hem verrast aan. 'Verder heb je niets?'
'Nee, dat is alles. De man maakte een zeer gehaaste indruk. Hij keek op zijn horloge en stond op. Ik heb nu echt geen tijd om te wachten tot u de aangifte op schrift hebt gesteld, zei hij. Bekijk u dat epistel en als u meent, dat de inhoud van de brief voldoende aanknopingspunten biedt om met vrucht een proces-verbaal op te maken, dan hoor ik wel van u.'

'En toen?'
'Toen plukte hij een kaartje uit zijn borstzak, gaf mij dat en liep de kamer af.'
De Cock schudde vertwijfeld zijn hoofd.
'Je hebt hem verder niets gevraagd?'
In zijn stem trilde verbazing en ongeloof.
Vledder zwaaide afwerend.
'Daar kreeg ik gewoon geen kans toe. De man was zo autoritair, zo gedecideerd in zijn optreden, dat ik pas achteraf tot het besef kwam, dat ik veel meer informatie nodig had, dan die enkele brief. Ik heb hem een paar maal proberen te bereiken via het telefoonnummer dat op zijn kaartje stond, maar ik kreeg geen gehoor.'
De Cock wreef zich achter in zijn nek. 'Hoe heet die man?'
Vledder trok een lade van zijn bureau open en pakte daaruit een groen visitekaartje met gouden opdruk. 'Emile,' las hij hardop, 'Emile van den Aerdenburg, ontwerper, Churchilllaan 753, Amsterdam.'
De grijze speurder schoof zijn onderlip vooruit.
'Emile van den Aerdenburg,' herhaalde hij. 'Een mooie naam. Lijkt wel van adel.'
Vledder maakte een grimas. 'Kun je dat aan iemand zien?'
De Cock keek hem bestraffend aan.
'In ieder geval maakte die Emile van den Aerdenburg op jou zoveel indruk, dat je vergat je werk te doen.'
Het gezicht van Vledder betrok.
'Ik zei je toch,' riep hij verdedigend, 'daar gaf hij mij geen kans voor. Hij dreunde weer net zo snel de kamer af als hij was binnengekomen. Ik heb ook geen moment de indruk gekregen, dat hij door de brief was geschokt... dat hij de bedreiging ernstig nam. Hij bagatelliseerde het geval. 'Als-u-meent-dat-de-inhoud-van-de-brief-voldoende-aanknopingspunten-biedt-om-met-vrucht-een-proces-verbaal-op-te-maken-dan-hoor-ik-wel-van-u'.' De jonge rechercheur keek vragend naar De Cock op. 'Zijn dat woorden van iemand die voor zijn leven vreest?'
De Cock trok een ernstig gezicht.
'Om voor anderen,' formuleerde hij voorzichtig, 'hun angst te verbergen, handelen de mensen soms wat vreemd. Luchthartig. Dat 'bagatelliseren', zoals hij dat noemt, kan best een pose zijn. Ik ken een geval waar...' Hij maakte zijn zin niet af. 'Die brief... kreeg

Van den Aerdenburg die via de post?'
Vledder reageerde geprikkeld. 'Dat weet ik niet. Ik heb alleen die brief. Er was geen enveloppe bij.' De Cock knikte begrijpend.
'Waaruit bestaat de bedreiging?'
Vledder boog zich over de brief.
'Ik heb nog lang niet alles kunnen ontcijferen, maar ik heb hier een duidelijk leesbare zin. Er staat: *Hoeveel is uw leven u waard?'*
'Wat vaag. Het komt bij mij niet als een bedreiging over. Het lijkt mij meer op een reclametekst van een levensverzekeringsmaatschappij.'
Vledder grinnikte. Hij boog zich nog steeds over de brief.
'Maar hier verderop staat een aanwijzing: *Noem het bedrag van uw leven binnen een week in een advertentie in het dagblad 'De Grafische Heraut' en onderteken dat met de naam Emile.'*
'Binnen een week?'
'Ja.'
De Cock lachte opgelucht.
'Dan behoeven wij ons niet direct ongerust te maken. We hebben dan nog een paar dagen om die Van den Aerdenburg een paar bijzonderheden te ontlokken. Chantage en afpersingen hebben in de regel een voorgeschiedenis.' Hij keek omhoog naar de klok. 'Elf uur. Het is tijd om de tent te sluiten.' Hij stond op en slenterde naar de kapstok. Vledder liep hem na. 'Zal ik je even met de auto naar huis brengen? Het is beestenweer.'
De grijze speurder knikte hem dankbaar toe en wurmde zich in zijn oude regenjas.
De telefoon op het bureau van de oude rechercheur rinkelde. Vledder draaide zich om, liep terug en greep de hoorn.
Met zijn hoedje nonchalant achter op zijn hoofd geschoven keek De Cock toe en zag, dat het gezicht van zijn jonge collega versomberde. Het gesprek duurde maar kort. Al na luttele seconden legde Vledder de hoorn op het toestel terug.
De Cock stapte op hem toe. 'Wat is er?'
De jonge rechercheur zuchtte.
'Er zit een lijk van een man tegen een boom.'
'Waar?'
'Op de Keizersgracht, met zijn gezicht naar het water.'
'En?'
'Hij is vermoord.'

2

Ze sloten de grote recherchekamer zorgvuldig af en liepen de trap af. Beneden in de hal, voor de balie, stond een vrij lange man. Hij was gekleed in een chique antracietgrijze mantel met hoog onder zijn kin geknoopt een witzijden sjaal. Grijzend haar krulde van onder een zwarte gleufhoed. Hij sprak indringend tegen een geduldig luisterende Jan Kusters.

Toen de rechercheurs voorbij liepen, riep de wachtcommandant hen naderbij.

'Waar gaan jullie heen?'

De Cock stapte op hem toe.

'Naar dat lijk op de Keizersgracht.'

Jan Kusters wuifde in de richting van de lange man voor de balie. 'Dat is de heer Harredijke. Hij is bang... althans... hij vreest voor zijn leven. In een tijdsbestek van enkele weken heeft hij diverse dreigbrieven ontvangen en wil daar nu aangifte van doen.'

'Nu?'

'Ja.'

De heer Harredijke nam beleefd zijn hoed af.

'U... eh, u bent rechercheur De Cock?'

In zijn stem trilde bewondering.

De grijze speurder knikte.

'Met ceeooceekaa,' reageerde hij bijna automatisch. Hij hield zijn hoofd iets schuin. 'U kent mij?' vroeg hij ongelovig.

De heer Harredijke glimlachte.

'Ik heb nooit kennis met u gemaakt,' zei hij spijtig. 'Maar ik weet, dat u aan dit bureau dienst doet. En ik ken uw reputatie... uw reputatie als speurder. Ik zou het heel prettig vinden als u aan die bedreiging van mij enige aandacht zou willen schenken.'

De Cock beluisterde de toon. Er was iets in de klank van de stem, dat hem niet beviel.

'U hebt die dreigbrieven bij u?'

De heer Harredijke knoopte zijn mantel los en tastte naar de binnenzak van zijn colbert.

De Cock maakte een afwerende beweging. Hij wendde zich tot Vledder. 'Neem jij meneer mee naar boven naar de recherchekamer en zet zijn aangifte op papier. Ik ga wel alleen naar de Keizers-

gracht.' Hij keek naar Jan Kusters. 'Is de meute gewaarschuwd?'
De wachtcommandant knikte.
'Dat heb ik gedaan onmiddellijk nadat de melding binnenkwam. Er staan ook twee mensen van mij... Jaap Alberts en zijn maat.'
'Waar is het precies?'
'Aan de onevenzijde. Dat stukje tussen de Leliegracht en de Westermarkt.'
De Cock knikte begrijpend. Hij wendde zich weer tot zijn jonge collega Vledder. 'Als je straks klaar bent met het opnemen van die aangifte van bedreiging, dan kom je mij maar met een wagentje na.'
'Jij gaat te voet?'
De Cock grinnikte.
'Je weet toch hoe moeilijk ik in zo'n auto de versnelling kan vinden.'
Vledder glimlachte en de oude rechercheur keek nog even in het gezicht van de lange man. Hij stond iets gebogen, zijn zwarte gleufhoed nog steeds in zijn hand. De Cock bezag de lijnen van de mond, de smalle lippen, de scherpe neus en de waakzame blik uit helderblauwe ogen. Te helder, vond hij, in contrast met de grauwe huid en het bijna zilvergrijze haar. Nog even hield zijn blik het gezicht gevangen, toen draaide hij zich om en liep het bureau uit.

De Cock trok de kraag van zijn regenjas omhoog en sjorde zijn oude hoedje tot op zijn ogen. Het was guur en nat. Met het puntje van zijn tong plukte hij de regendruppels die van zijn brede neus op zijn bovenlip dropen. Hij stak zijn handen diep in de zakken van zijn regenjas en bedacht bitter, dat hij tussen sinterklaas en de kerstdagen altijd tegen de moeilijkste moordzaken opliep. Cynisch vroeg hij zich af of het naderen van het vrede-op-aarde-feest daar iets mee van doen had.
Hij stak de Nieuwendijk over en sjokte langs het Korenmetershuisje links naar de Nieuwezijds Voorburgwal. Op de oude klok van het dagblad 'De Tijd' was het bijna half twaalf. Hij liep van het trottoir naar de overkant van de weg. Als beschutting tegen de felle regenvlagen zocht hij daar zijn weg dicht langs de huizen. Het was stil op straat. Het koude gure weer hield de mensen binnen. Zelfs de notoire zwervers hadden blijkbaar ergens een onderkomen gezocht.
Via de Blauwburgwal en de Herenstraat bereikte hij de Keizersgracht. Ver weg, op de Raadhuisstraat, gierde een late tram door de bocht.

Op de brug van de Leliegracht stond een surveillance-wagen van de politie. In het interieur brandde licht. Toen De Cock naderbij kwam, stapte Jaap Alberts uit en liep op hem toe.
'Ik dacht niet, dat u te voet zou komen,' riep hij verontschuldigend. 'Als ik dat had geweten, dan was ik u wel even van de Kit komen halen.'
De Cock glimlachte. Hij mocht de jonge diender wel.
'Och,' sprak hij gniffelend, 'ik pas feitelijk niet zo goed in deze gemotoriseerde tijd. Ik ben veel meer nog een man van de trekschuit en de lange Gouwenaar.' Hij zweeg enige tijd en keek toen schuin naar hem op. 'Ik meen, dat ik heb horen fluisteren, dat je uit Amsterdam weggaat?'
Jaap Alberts knikte.
'Ik heb gesolliciteerd bij de gemeentepolitie in Emmen. Ik kom uit die streek. Ze hebben mij direct genomen. Volgende maand begin ik daar al.'
'Waarom? Ik had nog wel in mijn hoofd om in de toekomst van jou hier een goed rechercheur* te maken.'
Jaap Alberts schonk hem een trieste glimlach.
'Ik heb de Prinsemarij hier een paar jaar naar beste weten en kunnen gediend. Echt. Maar in Amsterdam ben je als politieman gezien als een rotte kool bij een groentevrouw. Dat was vroeger bij ons thuis anders. En dan die eeuwige rellen, die opstootjes van allerlei gewelddadige groeperingen. U moet het mij niet kwalijk nemen, maar ik was dat stenenkoppen zat.'
De grijze speurder reageerde niet. Hij begreep de jonge diender best. Maar Amsterdam was zijn Amsterdam en daarvan wilde hij het liefst geen kwaad woord horen.
Ze liepen zij aan zij de gracht op. Twintig meter verder, schuilend onder een afdakje, stond nog een jonge diender. Jaap Alberts wees naar hem. 'Hij ontdekte het lijk. Ik zat achter het stuur en was al doorgereden. Hij riep: Stop, daar zit een kerel tegen een boom.'
De jonge diender kwam traag van onder het afdakje vandaan. Met De Cock in hun midden liepen ze gedrieën naar de waterkant.
Scheef weggezakt, met zijn gezicht naar het water gekeerd, zijn rug leunend tegen de brede stam van een oude iep, zat een man in witte hemdsmouwen. Ze staken wat bollend uit een dichtgeknoopt parel-

* Zie *De Cock en de dode minnaars*

grijs vest. Het langwerpige hoofd van de man hing iets opzij. Van de takken drupte regenwater op zijn kalende schedel.
De Cock bleef er vanuit de hoogte naar kijken. Het was een vreemd, een macaber beeld. Het leek alsof de man in de gutsende regen, vredig leunend tegen een boom, een onschuldig uiltje knapte.
De Cock keek naar Jaap Alberts.
'Waarom is dit moord?'
In zijn stem vibreerde ongeloof.
Jaap Alberts wees naar de man.
'Hij... eh, hij heeft kogelgaten in zijn borst.'

Bram van Wielingen, de politiefotograaf, staarde verrast naar het lijk van de man onder de boom. 'Die hebben ze mooi neergezet,' reageerde hij bewonderend. 'Als hij een hengeltje in zijn hand had, dan zou je zweren dat hij zat te vissen.'
De Cock boog zich iets voorover en liet een sloot regenwater uit de rand van zijn hoed lopen. 'Als politieman,' bromde hij nors, 'zou je moeten weten dat het visseizoen is gesloten.'
Bram van Wielingen grijnsde. Hij nam zijn Hasselblad uit zijn lichtmetalen koffertje en monteerde daarop een flitslicht. 'Wat wil je hebben?'
De Cock dacht even na.
'Een paar close-up's van zijn gezicht en van zijn vest. Wat totaalbeelden.' Hij gebaarde voor zich uit over het water. 'En een paar overzichtsfoto's vanaf de overkant van de gracht.'
De fotograaf trok een bedenkelijk gezicht.
'Het is hier verrekte donker. Ik weet niet of het lukt met de apparatuur die ik bij mij heb. Mag het ook morgen... overdag?'
De Cock knikte traag.
'Als je maar niet de verkeerde boom neemt.'
'Barst.'
De grijze speurder liep bij Bram van Wielingen weg, maar draaide zich vrijwel onmiddellijk weer om. 'Ik wil toch,' sprak hij peinzend, 'dat je het nu doet. Desnoods haal je maar aanvullende apparatuur van het hoofdbureau. Morgen overdag is de situatie hier beslist anders... staan er andere wagens geparkeerd... is het lijk weg.'
De fotograaf trok zijn schouders op.
'Zoals je wilt.'
Het klonk niet vriendelijk, maar daar stoorde De Cock zich niet aan.

Het was zijn onderzoek en zijn verantwoordelijkheid. Hij slenterde naar Ben Kreuger, de dactyloscoop, die naast de beide dienders schuilend onder het afdakje stond. 'Ik ben bang, dat er voor jou hier weinig is te doen. Er valt niets te kwasten. Alles is kleddernat.'
Ben Kreuger wees naar de man onder de boom.
'Weet je al wie hij is?'
De Cock schudde zijn hoofd.
'Ik neem aan, dat zijn portefeuille met papieren in zijn colbert zit. En dat heeft hij niet meer aan. Daarom wil ik zijn vingerafdrukken. Maar dat kan ook morgen voor Rusteloos hem openpeutert.'
Ben Kreuger knikte.
'Dat komt in orde. Het is toch goed om zijn vingerafdrukken te hebben... al zou je weten wie hij was. Ik ga morgenvroeg wel even naar het sectielokaal op Westgaarde.'
De dactyloscoop keek zoekend om zich heen. 'Is Vledder niet bij je?'
De Cock spreidde zijn beide handen.
'Net toen we van de Kit wilden weggaan, kwam er nog een man aangifte doen van bedreiging. Daar is hij nu mee bezig.' Hij schoof zijn onderlip vooruit. 'Die jongen is supersnel op zo'n schrijfmachine. Ik niet. Ik heb het niet zo erg op al dat elektrische gedoe begrepen. Die moderne machines brommen en grommen tegen je en doen zonder dat je het wilt de vreemdste dingen.'
Ben Kreuger lachte. Hij nam zijn koffertje op.
'Je hoort van me.'
De Cock wuifde tot afscheid.
Op de brug van de Leliegracht was naast het surveillancewagentje van de politie een ambulancewagen van de geneeskundige dienst gestopt.
Dokter Den Koninghe stapte uit en liep in de nog steeds stromende regen de Keizersgracht op. Achter hem kwamen twee broeders met een brancard. Ze torenden hoog boven de kleine lijkschouwer uit, onaandoenlijk, als paladijnen van de dood.
De Cock liep blij op dokter Den Koninghe toe en schudde hem hartelijk de hand. Hij had een zwak voor de excentrieke dokter met zijn ouderwetse grijze slobkousen onder een deftige streepjesbroek, zijn stemmig zwart jacquet en zijn verfomfaaide groen uitgeslagen garibaldihoed.
'Moet u geen jas aan?' vroeg De Cock bezorgd. 'Of een paraplu?'

De lijkschouwer schudde zijn hoofd. Door zijn brilletje met metalen montuur keek hij naar de oude rechercheur op. 'Je bent weer laat.'
De Cock schoof de mouw van zijn regenjas iets terug. 'Het is even over het middernachtelijk uur,' sprak hij nonchalant. 'Ik dacht, een ideaal tijdstip voor een ontmoeting met de dood.'
Dokter Den Koninghe keek bestraffend naar hem op.
'Daarvoor bestaan geen ideale tijdstippen,' reageerde hij fel. 'Het is voor de mens zaak om elk moment van de dag voor die ontmoeting bereid te zijn.'
De Cock liet zijn hoofd beschaamd hangen. Hij begreep, dat zijn grapje bij de oude lijkschouwer niet in goede aarde was gevallen. Traag slofte hij voor hem uit naar de boom aan de waterkant.
'Zo hebben wij hem aangetroffen.'
Dokter Den Koninghe hurkte bij het lijk neer. Het kraken van zijn stramme knieën was duidelijk hoorbaar. Even deed hij een ooglid open en drukte het weer toe. Daarna knoopte hij voorzichtig het vest los. Op het witte overhemd zaten drie grillig gevormde bloedvlekken.
De lijkschouwer nam de tijd. Het onderzoek duurde langer dan De Cock van hem gewend was. Eerst na een tijdje kwam hij overeind, nam zijn bril af, pakte zijn pochet uit het borstzakje van zijn jacquet en poetste zijn glazen. Het was een gewoontegebaar. In de gutsende regen had de handeling geen enkele zin.
'Hij is dood,' sprak hij laconiek.
De Cock knikte. 'Dat had ik al begrepen.'
De dokter gebaarde in de richting van de dode. 'Er is een begin van lijkstijfheid. Ik denk, dat de dood één à twee uur geleden is ingetreden. Inwendige bloedingen. Pas straks op bij het vervoer. Er kunnen nog wel kogels tussen zijn kleding zitten. Ik heb een paar uitschotverwondingen gevoeld, maar de kleding is niet doorboord.' Hij zweeg. Met precieze bewegingen zette hij zijn bril weer op en borg zorgvuldig zijn pochet weg. Hij wees opnieuw naar de dode. 'De in- en uitschotverwondingen liggen niet horizontaal. Misschien heb je daar later wat aan. Bonjour.' De kleine lijkschouwer draaide zich om en liep weg.
'Bonjour,' reageerde De Cock benepen. Hij keek dokter Den Koninghe met gemengde gevoelens na. In de regel was de lijkschouwer niet zo mededeelzaam.
Bram van Wielingen stapte opgewekt op hem toe.

'Ik geloof toch, dat het mij wel is gelukt, daar van de overkant. Ik zal ze onmiddellijk ontwikkelen. Morgen heb je de plaatjes op je bureau.' Hij wuifde tot afscheid. 'Tot de volgende keer,' riep hij joviaal.
Op het gezicht van De Cock kwam een grijns.
'Liever niet. Voorlopig heb ik aan deze ene moord meer dan genoeg.'
Dat hoorde Bram van Wielingen al niet meer. Hij rende door de regen naar zijn wagen.
De beide broeders kwamen met hun brancard van onder het afdakje vandaan. Een van hen wees naar de dode man.
'Kunnen we hem meenemen?'
De Cock weifelde even. Hij keek op zijn horloge.
'Geef me nog vijf minuten.'
'Moet er dan nog iets gebeuren?'
De Cock schudde zijn hoofd.
'Ik wacht op mijn jonge collega. Ik wilde hem graag de situatie nog even laten zien.'
De broeders knikten en gingen met hun brancard terug naar het beschuttende afdakje.
Het duurde twee minuten. Toen zag De Cock tot zijn opluchting de oude politie-Volkswagen de gracht op rijden. Vledder stopte naast hem en stapte uit.
'Ik kon niet sneller,' sprak hij verontschuldigend. 'Die man was lastig. Hij wilde steeds een andere formulering van zijn aangifte. Ik schoot niet op.' Hij zweeg even en keek om zich heen. 'Ben je hier al klaar?'
De Cock knikte.
'Ik wilde jou alleen nog even laten zien hoe dat lijk tegen die boom zit.'
De beide rechercheurs liepen naar de waterkant. Vledder knielde bij de dode neer. Ineens kwam hij met een ruk overeind. Zijn gezicht zag bleek.
'Dat... dat is hem,' stamelde hij.
'Wie?'
'Die man van vanmiddag... Emile van den Aerdenburg.'

3

De Cock wenkte de beide broeders naderbij. Ze legden het lichaam van Emile van den Aerdenburg op de brancard, drapeerden een laken over hem heen, klapten het canvas terug en sjorden de riemen vast. Het ging rustig, bijna mechanisch, in een koele routine.
De grijze speurder keek geïnteresseerd toe. Toen de broeders het slachtoffer wiegend naar de ambulancewagen droegen, riep hij Jaap Alberts.
'Rij achter hen aan. Als de broeders op Westgaarde het lijk ontkleden, let er dan op of er tussen de kleding kogels zijn blijven hangen. Mocht dat zo zijn, dan krijg ik die wel van je.'
'U gaat terug naar de Warmoesstraat?'
De Cock knikte.
'Maar ben ik er eventueel niet, dan geef je ze maar in een enveloppe en uiteraard met een proces-verbaal van bevindingen aan de wachtcommandant.'
Jaap Alberts tikte tegen de klep van zijn pet en stapte met zijn maat achter de broeders aan.
De Cock draaide zich om en sjokte naar Vledder, die nog steeds wat ontdaan bij de boom stond. De jonge rechercheur keek naar hem op.
'Het ergste vind ik nog,' sprak hij somber, 'dat ik mijn verzuim van vanmiddag nooit meer kan goedmaken.'
De Cock glimlachte.
'Je bedoelt, dat jij aan Emile van den Aerdenburg nooit meer kunt vragen waarop die bedreiging in de brief was gebaseerd?'
'Precies, dat bedoel ik. Nu hij dood is heb ik toch sterk het gevoel, dat ik wat nalatig ben geweest.'
De Cock trok achteloos zijn schouders op.
'Je had dit toch niet kunnen voorkomen,' sprak hij gelaten. Vledder trok denkrimpels in zijn voorhoofd.
'Misschien wist hij wel degelijk wie hem bedreigde... wie hem naar het leven stond. En als ik wat meer attent was geweest, dan had...'
De Cock onderbrak hem.
'Dergelijke dingen gebeuren,' sprak hij strak. Hij tikte hem bemoedigend op zijn schouder. 'Ik zou er niet over tobben. We komen er wel weer uit... hoop ik. En voor jou een reden te meer om extra je best te doen.'

De jonge rechercheur wees naar de overkant van de gracht. 'Zou vandaar zijn geschoten of vanuit een boot op het water?'
'Hoezo?'
'Aan onze kant van de gracht kan bijna niet. De afstand tussen de wallekant en de boom is te gering. Daar kan, volgens mij, geen schutter meer staan.'
De Cock gebaarde naar de plek onder de boom.
'Emile van den Aerdenburg is daar niet neergeschoten,' sprak hij gedecideerd.
'Niet?'
De grijze speurder schudde zijn hoofd.
'Het lijkt mij het beste om er voorlopig van uit te gaan, dat de schoten vielen daar waar zijn colbertje hangt.'
Hij grinnikte. 'Of heb jij wel eens een normaal mens tussen sinterklaas en Kerst in zijn hemdsmouwen in de gutsende regen onder een oude iep aan de rand van een gracht zien zitten?'
Zijn stem droop van spot.
Vledder liet zijn hoofd beschaamd hangen.
'Je hebt gelijk.'
De Cock trok een grijns.
'Je hebt blijkbaar je dag niet.'
Hij zweeg even. 'Wat... eh, wat droeg Emile van den Aerdenburg toen hij met die brief bij je kwam?'
'Een donkergroene regenjas... zo'n trench-coat met van die flappen op de rug en de schouders.'
'Je kunt over de kleding die hij nu droeg, niet zeggen... of hij die vanmiddag ook al aan had?'
Vledder schudde zijn hoofd.
'Die regenjas bedekte alles.'
De Cock knikte begrijpend.
'We zullen moeten proberen,' sprak hij nadenkend, 'om die paar uur in te vullen... tussen het moment dat hij jou verliet, en het tijdstip dat die dienders hem hier aantroffen.'
Vledder drukte de neus van zijn schoen tegen de boom.
'Waarom hier?'
De Cock trok zijn schouders op.
'Misschien was op de gracht, toevallig hier bij deze boom, een plaatsje vrij om te parkeren... kon de moordenaar zich hier gemakkelijk van het lijk ontdoen?' Hij staarde even voor zich uit. 'En

misschien was er nog wel een andere duistere reden om Emile van den Aerdenburg op deze plek tegen een boom te zetten?'
De oude rechercheur keek een tijdlang zwijgend om zich heen. Voor zover hij kon overzien, was de Keizersgracht van mensen verlaten. Er straalde ook nergens licht uit een venster. Alleen verderop, aan de wallekant, scharrelde een enkele rat.
Bevangen door een gevoel van onbehagen slenterde de grijze speurder van de boom weg. Vledder volgde hem schoorvoetend.
Bij hun oude politie-Volkswagen bleef De Cock staan en wachtte tot Vledder het portier van binnenuit voor hem had geopend. Toen liet hij nog een straaltje regenwater uit de rand van zijn hoed lopen en stapte in.
Vledder blikte hem van terzijde aan.
'Heb je nog wensen?'
De oude rechercheur plukte aan zijn regenjas.
'Eerst thuis wat droogs halen. Dit ding is doorweekt. En dan terug naar de Kit.'
Vledder reageerde verrast.
'Wat wil je vannacht dan nog gaan doen?'
De Cock antwoordde niet. Het raderwerk van zijn denken draaide plotseling op volle toeren. Er was in de zaak iets dat niet klopte... een tegenstrijdigheid. Hij wist, wat die tegenstrijdigheid was. In zijn gevoel had hij daarvoor een stellige zekerheid. Maar zijn oude hersenen weigerden vooralsnog die zekerheid te transformeren tot een verstandelijk begrip. Met een zucht liet hij zich onderuitzakken en voelde hoe Vledder de wagen in beweging bracht. Met gesloten ogen haalde hij het beeld van de dode man aan de boom op zijn netvlies terug. Wat was er fout?
Onrustig drukte hij zich enkele minuten later weer overeind. 'Je had vanavond nogal lang werk aan die aangifte.'
'Ja.'
'Wat had die deftige heer Harredijke allemaal te vertellen?'
Vledder gebaarde voor zich uit.
'Hij ontving al enkele weken dreigbrieven met als voornaamste tekst, *hoeveel is uw leven u waard?'*
'Wat?'
'Dat heb ik je nog niet verteld... de dreigbrieven zijn vrijwel gelijkluidend.'
De mond van De Cock viel half open.

'Als die aan Emile van den Aerdenburg?'
Vledder knikte opnieuw.
'Ook hetzelfde priegelschrift.'

Jaap Alberts keek hem bedroefd aan.
'Er zaten geen kogels in de kleding van het slachtoffer.'
De Cock fronste zijn wenkbrauwen.
'Geen kogels?' vroeg hij ongelovig.
De jonge diender schudde zijn hoofd.
'Nee, geen kogels. En ik heb echt goed gekeken. Ik heb ook nog de brancard onderzocht waarop de broeders hem hadden vervoerd. Daarna heb ik elk kledingstuk nog eens extra nageplozen. Geen kogels.'
De Cock glimlachte om het beteuterde gezicht van de jonge politieman. 'Je hebt de kleding van het slachtoffer op Westgaarde gelaten?'
'Ja.'
'Waren er nog papieren, sleutels, geld?'
'Nee. Ik heb alleen in een van de broekzakken een schone zakdoek gevonden.'
De grijze speurder stak hem zijn hand toe.
'Bedankt voor je assistentie. En... eh, zorg dat ze in Emmen een goede indruk van je krijgen.'
Jaap Alberts liep lachend de recherchekamer af.
'Dat komt best in orde,' riep hij, zich half omdraaiend.
De Cock wuifde hem na en liet zich daarna in zijn stoel achter zijn bureau zakken. Hij blikte naar Vledder, die tegenover hem bezig was om aantekeningen uit te werken. 'Als ik het goed heb begrepen, dan wilde de heer Harredijke over de achtergronden van de dreigbrieven niets zeggen.'
Vledder keek op en schudde zijn hoofd.
'Zo mag je dat niet stellen. Arend Harredijke zei, dat hij geen achtergronden kende... dat hij van die bedreigingen niets begreep... dat hij geen flauw benul had van wie ze afkomstig waren. Juist daarom vond hij die dreigbrieven zo beangstigend.'
De Cock knikte begrijpend.
'Hoe ontving hij ze... over de post?'
'Hij vond ze in zijn brievenbus... ongefrankeerd, met op de enveloppe alleen zijn naam. Geen adres.'

'Waar woont hij?'
Vledder trok de lade van zijn bureau open en nam daaruit een proces-verbaal. 'Volgens zijn eigen opgave aan de Keizer Karelweg 1317 in Amstelveen.'
De Cock reageerde verrast.
'Waarom doet hij van die bedreiging dan geen aangifte bij de politie in Amstelveen?'
Vledder zuchtte.
'Dat komt door jou. Hij wilde per se dat jij zijn zaak ging behandelen en hij wist, dat jij aan de Warmoesstraat dienst deed.'
De Cock grijnsde breed.
'Erg vleiend.'
'Bovendien was Harredijke van mening, dat de dreigbrieven uit Amsterdam komen... de binnenstad.'
'Waar baseert hij dat op?'
'Hij zag eens een jongeman in het leer en met een helm opiets in zijn brievenbus stoppen. De jongeman liep naar een motorfiets en reed weg. Harredijke ging hem bliksemsnel met zijn auto achterna. Hij wilde zien waar de jongeman heenging, maar raakte hem hier in de binnenstad van Amsterdam kwijt. Toen hij later thuiskwam, vond hij in zijn brievenbus inderdaad een dreigbrief.'
De Cock tuitte zijn lippen.
'Het lijkt een redelijke conclusie. Maar het zegt uiteraard niets. Iemand, waar ook, kan die motorrijder wat geld in zijn handen hebben gestopt om die brief te bezorgen. Kon Harredijke nog een redelijk signalement geven?'
Vledder schudde zijn hoofd.
'Door die helm had hij het gezicht van de jongeman niet goed kunnen zien.'
'En het kenteken van de motor?'
De jonge rechercheur maakte een hulpeloos gebaartje.
'Daar heb ik uiteraard naar gevraagd, maar Harredijke zei, dat hij daar niet op had gelet. Hij was te ingespannen bezig geweest om de motor in het drukke verkeer te volgen.'
De Cock wreef zich enige malen peinzend over zijn kin en strekte daarna zijn hand naar Vledder uit. 'Toen Arend Harredijke vanavond na het doen van zijn aangifte van bedreiging bij je wegging, wist jij nog niet wat er met Emile van den Aerdenburg was gebeurd.'
'Nee.'

'En nu?'
'Wat bedoel je?'
'Nu je het wel weet, ben je nu niet bang, dat Harredijke hetzelfde overkomt?'
De jonge rechercheur keek hem verschrikt aan.
'Je hebt gelijk.' Hij slikte. 'Maar hoe moeten we hem beschermen?'

Ze reden in hun oude, gammele politie-Volkswagen over het Damrak. Er was weinig verkeer op de weg. Een enkele taxi stoof over de verlaten trambaan.
De wind was gaan liggen, maar het regende nog gestaag. Lichtreclames weerspiegelden grillig in het natte asfalt. Om aan het hypnotiserende effect van de traag zwiepende ruitewissers te ontkomen, was De Cock wat onderuit gezakt. Zijn vilten hoedje hing tot op zijn wenkbrauwen. Het was nog nat, bemerkte hij, en rook wat muf. Hij schoof zijn hoofddeksel iets terug en keek opzij naar Vledder aan het stuur.
'Heb je de politie in Amstelveen gebeld?'
De jonge rechercheur knikte.
'Ze zouden een oogje in het zeil houden, zeiden ze, zoveel als doenlijk.' Hij gromde. 'Het is bij de politie tegenwoordig overal hetzelfde liedje... gebrek aan personeel en middelen.'
'Geen gebrek aan misdadigers.'
Vledder knikte instemmend.
'Daar komen er steeds meer van.'
Via de Dam, het Rokin en het Muntplein reden ze naar de Vijzelstraat en vandaar via de Stadhouderskade naar de Amsteldijk. Bij de Berlagebrug sloegen ze linksaf.
Vledder gebaarde voor zich uit.
'Wat wil je in zijn woning doen?'
De Cock snoof, zijn onderlip vooruit.
'Een vrouw condoleren met het smartelijk verlies van haar man.'
'Was Emile van den Aerdenburg getrouwd?'
De Cock maakte een schouderbeweging.
'Ik heb nooit met hem gesproken. Ik heb hem alleen maar als lijk gezien. Toen droeg hij een trouwring.'
Vledder proefde de kritiek.
'Daarom behoeft hij nog geen vrouw te hebben.'
Het klonk wat knorrig.

De Cock drukte zich wat omhoog en glimlachte.
'Ik wil toch weten of bij hem thuis zijn colbertje hangt. En als er niemand is om ons binnen te laten, dan heb ik altijd nog het apparaatje van Handige Henkie.'
'Je bent onverbeterlijk.'
Op het gezicht van De Cock kwam een grijns.
'En dat wil ik blijven.'
Vledder parkeerde de oude Volkswagen in een stille zijstraat. Ze stapten uit en slenterden terug naar de Churchilllaan. Het huis van Emile van den Aerdenburg bleek een kast van een villa uit de jaren dertig. De oude rechercheur bleef bij de toegangsdeur staan, bekeek het naambord en de stenen nummering 'zeven-vijf-drie' in Jugendstil. Even aarzelde hij nog. Toen belde hij aan.
Ergens ver weg, diep in het inwendige van de villa, klonk een gong. Er kwam geen reactie. Na enkele minuten belde hij opnieuw en wachtte. Toen ook na het derde bellen niemand in de villa tot leven kwam, haalde hij het koperen houdertje van de ex-inbreker Handige Henkie uit zijn broekzak en koos met kennersblik een stalen sleutelbaard.
Vledder schudde zuchtend zijn hoofd.
'We krijgen hier nog eens de grootste ellende mee,' sprak hij kriegel. 'Wacht nog even. Die vrouw moet misschien uit bed komen... wat aandoen.' Hij spreidde zijn handen in wanhoop. 'En waarom laat je de commissaris niet gewoon een bevel tot binnentreden voor ons uitschrijven. Dan zijn we gedekt.'
De Cock bromde.
'Dat duurt mij te lang. Voor ik Buitendam heb uitgelegd waarom het gaat, ben ik uren kwijt. Bovendien... ik heb mij altijd uit de problemen kunnen redden.'
Vledder grijnsde. 'Behalve toen in Bergen*.'
De Cock reageerde niet. Het slot eiste al zijn aandacht. De constructie was toch gecompliceerder dan hij had verwacht. Het duurde ditmaal ruim zeven minuten voor hij de deur kon openen.
Vledder keek angstig om zich heen of iemand hun bewegingen gadesloeg. Eerst toen hij was gerustgesteld, ging hij achter zijn oude collega aan naar binnen. De Cock deed de deur weer zorgvuldig dicht.

* Zie *De Cock en een variant op moord*

Na een soort voorportaal kwamen ze in een ruime hal. De Cock liet het ovaal van zijn zaklantaarn langs de deuren glijden. Hij telde er vijf en koos voor de meest linker deur. Die bleek te leiden tot een ruim, hoog vertrek met in het midden een monumentale schouw. Zacht, diffuus licht daalde indirect uit koven aan de wanden en streelde een fantastisch mooi interieur.
De Cock stopte zijn zaklantaarn in de wijde binnenzak van zijn regenjas en liet zijn scherpe blik door de kamer dwalen.
Vledder floot zachtjes tussen zijn tanden.
'Wat een weelde.'
In zijn stem trilde bewondering.
De Cock knikte traag.
'Ontwerpen schijnt een goed betaald vak te zijn.'
Vledder gebaarde om zich heen.
'Als alle vertrekken zo weelderig zijn ingericht, dan geloof ik niet meer in een vak.'
De Cock keek hem glimlachend aan.
'Je bedoelt, dat er dan ook andere bronnen van inkomsten moeten zijn.'
'Precies.'
Plotseling hoorden ze een gerucht. Het kwam uit de hal. De beide rechercheurs stelden zich naast de deur op. Hun rug tegen de muur. Het duurde een paar seconden. Toen stapte een blonde vrouw op hoge hakken de kamer binnen.
De grijze speurder kon een kreet van verrassing nauwelijks onderdrukken.
Over haar rechterarm droeg ze een donkergroene trench-coat en een parelgrijs colbert.

4

De Cock bleef naar de beide kledingstukken staren. Ze biologeerden hem en namen secondenlang zijn gehele denken in beslag. Het leek hem alsof er verder in de kamer niets meer bestond.
Ineens, verschrikt, draaide de vrouw zich om. Haar mond hing open en haar ogen werden groot en angstig. De donkergroene trench-coat en het parelgrijs colbert gleden van haar arm. Verstijfd staarde ze naar de beide mannen. Een tijdlang scheen ze niet tot spreken in staat. Toen begon haar onderlip zachtjes te trillen. 'Wie .. eh, wie bent u?' stamelde ze.
De grijze speurder ontwaakte uit zijn verdoving. Hij deed een stap naar voren, nam zijn oude hoedje af en boog vormelijk. 'Mijn naam is De Cock... met ceeooceekaa.' Hij gebaarde schuin achter zich. 'En dat is mijn collega Vledder. Wij zijn beiden rechercheur van politie.'
'Politie?'
'Ja, van bureau Warmoesstraat.'
De vrouw slikte.
'Hoe... eh, hoe komt u hier binnen?'
De Cock trok zijn gezicht in een ernstige plooi.
'De buitendeur stond op een kier,' loog hij beminnelijk. 'Dat vonden wij vreemd. Toen op ons herhaald bellen niet werd gereageerd, zijn we naar binnen gegaan. Mijn collega en ik waren bang, dat er ook hier in huis met iemand iets verschrikkelijks was gebeurd.'
De vrouw strekte haar rug. Ze hervond zichtbaar haar zelfbeheersing. Ze raapte de beide kledingstukken van het tapijt en drapeerde ze over de rugleuning van een fauteuil. Daarna keek ze De Cock scherp aan.
'Met wie is er dan iets verschrikkelijks gebeurd?'
De grijze speurder antwoordde niet direct. Hij nam enkele seconden bedenktijd. 'Wij... eh, wij hebben ons aan u voorgesteld,' sprak hij ontwijkend. 'Wie bent u?'
De vrouw zuchtte diep.
'Marianne... Marianne Olthoven.'
De oude rechercheur gebaarde om zich heen.
'En uw relatie tot dit huis?'
Ze aarzelde even.

'Dit is het huis van Emile van den Aerdenburg. Ik ben zijn vriendin. We hebben een... zo men dat tegenwoordig noemt... een LAT-verhouding.'
De Cock knikte begrijpend.
'Hebt u enig idee waar de heer Van den Aerdenburg zich op dit moment bevindt?'
Marianne Olthoven schudde haar hoofd.
'Ik weet niet waar hij is.' Ze keek De Cock opnieuw strak aan. 'Maar uw aanwezigheid hier maakt mij ongerust en ik wil eindelijk antwoord op mijn vraag: met wie is er iets verschrikkelijks gebeurd?'
De Cock liep wat dichter op haar toe. Ook Vledder kwam van zijn plek bij de deur vandaan. De grijze speurder wees naar de fraaie fauteuils. 'Laten we gaan zitten,' stelde hij voor.
Marianne Olthoven nam wat onwillig plaats. Ze schoof haar roodlederen rok iets terug en sloeg haar lange, slanke benen over elkaar. Haar gezicht zag bleek. Haar handen lagen in haar schoot. Ze trilden.
'Wat is er met Emile?'
De Cock ging tegenover haar zitten. Zijn scherpe blik tastte haar gelaatstrekken af. Hij schatte haar op achter in de dertig. Haar gezicht was van een ingetogen schoonheid met mooie, groenfluorescerende ogen en lang, glad, donkerblond haar. De oude rechercheur gebaarde naar de fauteuil met de trench-coat en het parelgrijs colbert.
'U weet niet wat er met Emile is gebeurd?'
In zijn stem klonk ongeloof.
Marianne Olthoven klemde haar lippen opeen.
'Als ik het wist,' sprak ze ineens fel, 'zou ik het u toch niet vragen?' Haar stem werd zachter. 'Ik heb alleen het vermoeden, dat hem iets ernstigs is overkomen. Hij heeft mij nog nooit laten wachten.'
'Dat deed hij vanavond wel?'
Marianne Olthoven knikte traag.
'Ik zou hier vanavond om acht uur zijn. In de regel is Emile dan thuis, maar nu was hij er niet. Ik dacht: hij is misschien even een boodschap doen... hij zal straks wel komen.'
'Hij kwam niet?'
Marianne Olthoven schudde haar hoofd.
'Het verbaasde mij. Er lag ook nergens een briefje met een mededeling of een verontschuldiging. Er kwam ook geen telefoontje. Zo

tegen een uur of negen heb ik zijn kantoor gebeld. De hoorn werd niet opgenomen. Ik werd toen toch echt een beetje ongerust. Ik heb mijn autootje gepakt en ben door de stromende regen naar zijn kantoor gereden.'

'Waar was dat?'

'Zijn kantoor?'

'Ja.'

'Aan de Keizersgracht.'

De Cock zat met een ruk overeind.

'De Keizersgracht?' herhaalde hij verrast.

Marianne Olthoven knikte.

'Nummer elfhonderdnegentien. Het is op dat stukje tussen de Leliegracht en de Westermarkt.'

Met een half mislukte glimlach verdreef de oude rechercheur de verbijstering van zijn gezicht. 'Ik... eh, ik ken dat stukje,' sprak hij kalm. 'Kon u er nog een parkeerplaatsje vinden?'

Marianne Olthoven knikte opnieuw.

'Aan de wallekant tussen de bomen.'

'Heeft u een sleutel van zijn kantoor?'

'Nee, die heb ik niet. Ik wilde ook alleen maar zien of hij er was. Tot mijn verbazing stond boven op de stoep de toegangsdeur open. Zijn kantoor is op de beletage. Ik ben naar binnen gegaan. Het was er donker. Ik heb het licht aangedaan.' Ze wees naar de fauteuil met de kledingstukken. 'Zijn regenjas en zijn colbert lagen over een stoel. Emile was er niet.'

De Cock fronste zijn wenkbrauwen.

'U was daar om...?'

'Half tien.'

De grijze speurder keek op zijn horloge.

'Het is nu half twee... we zijn vier uur verder.'

Marianne Olthoven liet haar hoofd iets zakken. Haar lange sluike haren vielen als een gordijn voor haar gezicht. 'Ik heb,' sprak ze zacht, 'zijn regenjas en zijn colbert over mijn arm genomen, de deur achter mij dichtgetrokken en ben in mijn autootje gestapt.' Ze zweeg. Met nerveuze bewegingen friemelde ze aan de zoom van haar roodlederen rokje. 'Ik voelde mij wat vreemd,' ging ze na een poosje verder. 'Verward en besluiteloos. Ik wist niet goed wat ik er van denken moest. In een roes... in een soort trance... ben ik naar huis gereden. Ik woon in de buurt van Maarsbergen.' Ze zuchtte

diep. 'Ik heb zeker een uur of twee bij de telefoon gezeten... wachtend op bericht. Op het laatst hield ik het niet meer uit. Ik ben weer in mijn wagentje gestapt en ben naar Amsterdam teruggereden.' Met een bedroefd gezicht keek ze naar de oude rechercheur op. Haar onderlip trilde weer. 'Zeg het mij eindelijk... eerlijk... is Emile dood?'
De Cock knikte traag.
'Vermoord.'

Het duurde geruime tijd voor Marianne Olthoven weer in staat was om te antwoorden. Het bericht van de dood van haar vriend had haar ogenschijnlijk sterk aangegrepen. Ver voorovergebogen, met haar hoofd bijna op haar schoot, had ze aan een stuk door gehuild. Een opwelling om haar te troosten, had De Cock onderdrukt. Vanuit zijn fauteuil keek hij vrijwel onbewogen toe hoe ze langzaam bedaarde. Het schokken van haar rug hield op. Ze kwam traag overeind en toonde een betraand gezicht.
'Emile,' lispelde ze, 'arme Emile... en hij had nog wel zo lang willen leven.'
De Cock boog zich iets naar haar toe.
'Dat was zijn wens?' vroeg hij ernstig.
Marianne Olthoven knikte.
'Hij... eh, hij was zo'n gezondheidsfanaat.'
'Hoelang kende u hem al?'
'Twee jaar.'
De Cock tuitte zijn lippen.
'Nog niet zo lang.'
Marianne Olthoven keek hem aan. Kort en doordringend. Even flitsten haar helgroene ogen. 'Lang genoeg om nu verdriet te hebben.'
De oude rechercheur glimlachte flauwtjes.
'Was Emile getrouwd... hij droeg een trouwring?'
'Niet meer. Een jaar nadat zijn vrouw bij hem was weggelopen, is de scheiding uitgesproken.'
De Cock knikte begrijpend.
'Kende u hem toen al?'
'Ja.'
'Was... eh, was u de oorzaak van de scheiding?'
Marianne Olthoven strekte haar schouders. Haar weerbaarheid was

zichtbaar terug. 'Ze wist van mijn bestaan en kende mijn relatie... mijn LAT-verhouding met Emile... als u dat bedoelt?'
De Cock plukte aan het puntje van zijn neus.
'Wat deed Emile?'
'Hij was ontwerper.'
De Cock glimlachte.
'Wat ontwierp hij?'
Marianne Olthoven schudde haar hoofd.
'Ik heb mij nooit met zijn zaken bemoeid. Emile sprak daar ook nooit over.' Ze zweeg even en trok haar schouders iets op. 'Ik... ik weet het niet,' ging ze aarzelend verder, 'maar ik had wel eens het idee, dat ze wat duister waren.'
'Hoezo?'
'Emile was over zijn zakendoen zo gesloten... geheimzinnig. Hij wilde ook nooit, dat ik zijn telefoongesprekken beluisterde. Als de telefoon ging dan liep hij naar een ander vertrek en nam daar het gesprek aan.'
'En u hebt nooit stiekem meegeluisterd?'
Marianne Olthoven trok haar kin iets op.
'Ik dacht niet,' sprak ze vinnig, 'dat ik daartoe het recht had.'
De Cock hield zijn hoofd iets schuin.
'Wist u dat Emile dreigbrieven ontving?'
Marianne Olthoven knikte traag voor zich uit.
'Dat wist ik.'
'Had Emile enig idee van wie die kwamen?'
'Nee... althans... hij zei, dat hij dat niet wist.'
'Maar u dacht, dat hij dat wel wist?'
'Ja.'
De Cock keek haar scherp en onderzoekend aan.
'Hebt u wel eens zo'n dreigbrief gezien?'
Marianne Olthoven liet haar hoofd weer iets zakken.
'Eén keer,' sprak ze zacht. 'Eén keer heb ik zo'n vieze brief aan Emile onder ogen gehad. Akelig klein priegelig handschrift.'
Haar stem beefde van haat.
'En?'
Marianne Olthoven keek op. Haar groene ogen flikkerden kwaadaardig en haar mond vormde een strakke lijn.
'Het was van een vrouw.'

Ze reden van de Churchilllaan weg. Het regende nog steeds en de wind was weer wat aangewakkerd. De Cock sloot zijn ogen. Hij voelde zich vermoeid. In zijn denken sloop een afmattende traagheid, die hem verhinderde uitspraken en intonaties snel te analyseren.
Vledder keek hem van terzijde aan.
'Van een vrouw,' sprak hij geringschattend. 'Geloof je echt dat die dreigbrieven van een vrouw komen?'
De Cock keek naar hem op.
'Heb jij aan die dreigbrieven geroken?'
Vledder schudde zijn hoofd.
'Dat heb ik niet gedaan.'
De Cock zuchtte.
'Als je het wel had gedaan, dan had je vermoedelijk, net als die Marianne, een lichte parfumgeur kunnen waarnemen. Ik raad je toch aan om in ons werk altijd aan brieven te ruiken. Bovendien beweert Marianne, dat ze enige jaren grafologie heeft gedaan.'
'Handschriftkunde.'
De Cock knikte.
'Het lijkt mij geen gek idee om de dreigbrieven die wij nu in ons bezit hebben, aan zo'n grafoloog of grafologe voor te leggen.'
Vledder staarde nadenkend voor zich uit.
'Zouden dan de kogels in het lijf van Emile van den Aerdenburg door een vrouw zijn afgevuurd?'
In zijn stem klonk ongeloof.
De Cock trok zijn schouders op.
'Waarom niet? Het zou echt niet de eerste keer zijn, dat een vrouw een vuurwapen hanteert met dodelijke afloop.'
Een tijdlang reden ze zwijgend voort. Ineens grinnikte Vledder. 'Het valt mij mee, dat jij weet wat een LAT-verhouding is.'
De Cock schudde zijn hoofd.
'Dat weet ik niet. Ik deed net alsof ik haar begreep. Zie je, een verhouding is voor mij een verhouding... welke letters je er ook voor zet.' Hij keek even op en vroeg nieuwsgierig: 'Wat is een LAT-verhouding?'
Vledder lachte.
'Het komt van Living Apart Together.'
De Cock trok zijn wenkbrauwen op.
'Kan dat... apart samenleven?'

Vledder knikte nadrukkelijk.
'Het is erg in zwang. Velen ondervinden het huwelijk als een beklemmende band. Bij een LAT-verhouding leidt ieder zijn eigen leven en alleen als men daartoe lust gevoelt, komt men bij elkaar.'
De Cock snoof.
'Een vreemde vrijerij,' bromde hij. 'Ik heb altijd lust om bij mijn vrouw te zijn.' Hij keek naar de felle regenvlagen die tegen de zijruit van de Volkswagen kletsten en huiverde. 'Vooral nu.'
'Zal ik je naar huis brengen?'
'Ik wil eerst nog even naar de Kit.'
Vledder blikte opzij.
'Weet je wat ik niet begrijp?'
'Nou?'
'Dat jij aan Marianne Olthoven wel geniepig vraagt of zij op de Keizersgracht bij het kantoor van haar vriend nog een parkeerplaatsje had kunnen vinden... en als ze dan zegt, dat er nog een plaatsje was aan de wallekant tussen de bomen... dan laat je dat onderwerp verder rusten. Emile van den Aerdenburg moet toen al met zijn rug tegen die boom hebben gezeten. Ze moet hem hebben gezien. In ieder geval is ze langs hem gereden. En als die jonge diender hem...'
De Cock onderbrak hem hoofdschuddend.
'Marianne Olthoven,' sprak hij bedaard, 'verkeerde in een heel andere gemoedstoestand dan die jonge diender op wie nu eenmaal de taak rust om surveillerend goed uit zijn ogen te kijken.'
Vledder trok een bedenkelijk gezicht.
'We moeten haar verhaal toch nog eens verifiëren. Volgens mij rammelt het een beetje.' De jonge rechercheur reed vanaf het Damrak de Oudebrugsteeg in en parkeerde de oude dienstwagen op de steiger. De beide rechercheurs stapten wat verkreukeld uit. De Cock tastte naar zijn kuiten en sjokte toen achter Vledder aan naar de Warmoesstraat. In het voorbijgaan groette hij een eenzaam hoertje op weg naar huis en keek met enige droefenis naar een dronken sloeber, die tegen de gesloten deur van een café stond geleund.
Toen hij de hal van het politiebureau binnenstapte, wenkte Jan Kusters hem met een kromme vinger. 'Ik wist,' sprak hij zacht grijnzend, 'dat je nog even terug zou komen.'
De Cock hield zijn hoofd iets schuin.
'Is er wat?' vroeg hij argwanend.

De wachtcommandant leunde over de balie.
'Er is op die heer Harredijke geschoten.'
'Wat?'
Jan Kusters knikte.
'Voor zijn huis aan de Keizer Karelweg. Hij is in een ernstige shocktoestand en met een diepe vleeswond aan zijn arm opgenomen in het Tulp-ziekenhuis in Amstelveen.'

5

Op het Stationsplein stapte De Cock uit de tram. Met zijn handen diep in de zakken van zijn regenjas gestoken, sjokte hij met de stroom voetgangers mee naar het brede trottoir van het Damrak. Hij voelde zich wat gammel. De nachtrust was te kort geweest om al de vermoeienissen van de vorige dag uit zijn botten te trekken.
Hij keek schuin links omhoog. Het regende niet, maar de lucht boven de oude achtergevels van de Warmoesstraat zag grauw en dreigend. Ook de weerberichten spraken van een aanhoudende regen en veel wind.
Hij dacht aan zijn oude moeder. Die sprak altijd van de-donkere-dagen-voor-Kerstmis. Het was de tijd van het jaar, die haar, huiselijk en warm, het meest aansprak. Niets was haar te veel om rond die dagen in het gezin een sfeer van intieme behaaglijkheid te scheppen.
Hij glimlachte vertederd. En dat met de beperkte financiële middelen die ze had. Achteraf bezien deed ze daarmee voortdurend kleine mirakeltjes.
Rechts, in een etalage met aardewerk, porselein en veel huishoudelijk chroom, stond een zilverkleurige kunstkerstboom met lichtjes op een lichtmetalen driepoot. Het beeld van die steriele kerstboom trof hem ineens pijnlijk. Hij overdacht wat kerstfeest voor hem nog betekende... een feest van licht, blijdschap, belofte voor eeuwig leven... een feest vooral ook van de geboorte van Christus, de verlosser... en van vrede op aarde.
Hij dacht wat bitter aan al het geweld, waarmee hij in zijn lange carrière als rechercheur was geconfronteerd en vroeg zich bezorgd af of zijn werk nog wel zinvol was. Waarom zou hij nog achter moordenaars aan jagen? Werd daardoor de wereld beter? Kwam daardoor het vrede op aarde dichterbij? Het beeld van de dode Emile van den Aerdenburg aan de gracht onder de boom drong zich sterk aan hem op, Vrede op aarde. Betekende dat alleen; een wereld zonder oorlog? Of betekende het meer? Met groeiende twijfels in zijn hart stak hij het Damrak over en kuierde naar de Warmoesstraat.

De Cock wierp zijn hoedje naar een haak van de kapstok en miste. Daarna deed hij zijn regenjas uit en raapte zijn hoedje op.
De vingers van Vledder gleden razendsnel over de toetsen van zijn

elektronische schrijfmachine. Toen hij De Cock in het oog kreeg, liet hij zijn vingers rusten.
'Je bent laat.'
Het klonk bestraffend.
De oude rechercheur knikte gelaten.
'En jij hebt wallen onder je ogen.'
Vledder maakte een hulpeloos gebaartje.
'Ik heb die paar uur dat ik in mijn bed lag, vrijwel geen oog dicht gedaan. Volgens mij zitten we weer tot onze nekharen in de ellende. Ik had afgesproken, dat ik de beide kerstdagen bij mijn moeder zou doorbrengen. We hadden ons daarop verheugd, maar ik ben nu bang, dat er weer niets van komt.'
De Cock negeerde de opmerking. Hij had zijn eigen feestdagen al zo vaak de mist zien ingaan, dat het hem niet meer beroerde.
'Heb je nog naar de toestand van Arend Harredijke geïnformeerd?'
Vledder gebaarde naar de telefoon.
'Ik leg net de hoorn neer.'
'En?'
'Ik heb zijn behandelend arts gesproken. Hij achtte de toestand van de patiënt heel bevredigend. Er was geen direct levensgevaar en ook de gevolgen van de shock lieten zich niet ernstig aanzien.'
'Zouden we hem kunnen verhoren?'
Vledder trok zijn schouders iets op.
'Ik heb het vergeten te vragen,' sprak hij achteloos.
'Maar ik kreeg niet de indruk, dat er medische bezwaren waren.' Hij zweeg even en keek op. 'Buitendam heeft vanmorgen al een paar maal naar je gevraagd.'
'Wat moet de commissaris?'
Zijn jonge collega knikte en schonk hem een matte grijns. 'Ik verwacht niet veel goeds. Hij liep als een getergde leeuw heen en weer en had een gezicht als een oorwurm.'
De Cock fronste zijn wenkbrauwen.
'Wat kan er zijn?'
In zijn stem trilde een lichte bezorgdheid.
Vledder stond van zijn stoel op.
'Ik heb het niet helemaal begrepen, maar het schijnt, dat onze Arend Harredijke voor een groot landelijk blad werkt... *De Grafische Heraut*. De hoofdredactie van dat blad heeft vannacht de Officier van Justitie uit zijn bed gebeld en hem om opheldering gevraagd.'

De jonge rechercheur keek op zijn horloge en liep bij de grijze speurder weg. 'Ik moet er nu echt vandoor. Om tien uur is dokter Rusteloos op Westgaarde voor de sectie.'
De Cock liep hem na.
'Waarover opheldering?'
Vledder liep de kamer af.
'De aanslag in Amstelveen.'

Commissaris Buitendam, de lange statige chef van het politiebureau aan de Amsterdamse Warmoesstraat, wenkte met een slanke hand naar de stoel voor zijn bureau.
'Ga zitten, De Cock,' sprak hij geaffecteerd. 'Ik wil volledig worden geïnformeerd.'
De oude rechercheur trok een stuurs gezicht en nam onwillig plaats. Hij zat niet graag. Het liefst bleef hij staan, rechtop, zijn benen iets uit elkaar. Dan voelde hij zich weerbaar en meer gespannen. Hij had geen hekel aan zijn commissaris, maar wanneer Buitendam hem ontbood, bezag hij hem steeds met argwaan. Het was een houding van strijdlust, van protest, die hij bij voorbaat aannam om zich tegen eventuele aantijgingen te verweren. Bovendien voelde hij zich die morgen in het nadeel, omdat hij er van uitging, dat een onvoldoende nachtrust de scherpte van zijn geest had aangetast.
'Hebben wij u niet duidelijk genoeg gerapporteerd?' vroeg hij met een zweem van onderdanige onnozelheid.
Buitendam keek hem wat wazig aan.
'Gerapporteerd? Ik heb geen rapport gezien.'
De Cock veinsde verbazing.
'Dat moet toch. We hebben het gisteravond laat nog voor u klaar gelegd. En ik neem toch aan, dat u een rapport over een afschuwelijke moord met grote interesse en nauwkeurigheid doorneemt.' De oude rechercheur bracht een kille grijns. Hij voelde, dat hij de juiste toon weer te pakken had en een vrolijk plaagduiveltje begon in hem te dansen. 'Ik bedoel die afschuwelijke moord op Emile van den Aerdenburg.'
De commissaris kuchte.
'O ja... jazeker... Emile van den Aerdenburg. Dat heb ik gelezen. Inderdaad, daar mogen we wel de nodige aandacht aan schenken.'
De Cock trok een vies gezicht.
'Aandacht-aan-schenken?' herhaalde hij zichtbaar verbijsterd. 'Het

is een afgrijselijk misdrijf... voor Vledder en mij een zaak van de hoogste prioriteit.'
Commissaris Buitendam bracht zijn linkerhand omhoog, trok zijn kin iets op en wreef met de toppen van duim en vingers in zijn hals. Het was een gebaar om tijdwinst, dat De Cock van hem kende. Met zijn hoofd iets schuin keek hij zijn chef onderzoekend aan.
'Waarover,' vroeg hij met een stille achterdocht, 'wilt u in feite volledig worden geïnformeerd? Ik bedoel, als die moord u niet zo interesseert.'
Commissaris Buitendam gebaarde heftig.
'Die moord interesseert mij wel,' riep hij geëmotioneerd. 'Maar er is vannacht in Amstelveen een man neergeschoten.'
De Cock knikte bedaard.
'Arend Harredijke.'
'Daarover heb ik in de rapporten niets gelezen.'
De oude rechercheur keek hem niet begrijpend aan.
'Zoals u zelf al zei: het gebeurde niet hier maar in Amstelveen. Het is geen zaak van ons. Het is een zaak van de Amstelveense politie.'
Buitendam wuifde.
'Maar die meneer Harredijke heeft gisteravond bij jullie aangifte van bedreiging gedaan.'
De Cock glimlachte beminnelijk.
'Inderdaad... en daar zullen we dan ook wel de nodige aandacht aan schenken.' Met zichtbaar genoegen gebruikte hij dezelfde woorden als de commissaris.
Op het lange bleke gezicht van Buitendam verschenen blosjes van opwinding.
'De heer Harredijke,' sprak hij geagiteerd, 'is verbonden aan een groot landelijk dagblad. De hoofdredacteur van die krant heeft vannacht onze Officier van Justitie gedeeltelijk van zijn nachtrust beroofd.'
'Zielig.'
Buitendam kneep zijn lippen op elkaar.
'Ik verbied je dergelijke opmerkingen.' Hij slikte zijn woede weg. 'De hoofdredacteur is van mening, dat de aanslag op de heer Harredijke verband houdt met zijn werk voor die krant als journalist.'
De Cock trok rimpels in zijn voorhoofd.
'De heer Harredijke is journalist?'
Buitendam knikte.

'Harredijke heeft de bedreiging met zijn hoofdredacteur besproken en die heeft hem geadviseerd om van die bedreiging bij de politie aangifte te doen.'
'En?'
'De hoofdredacteur van *De Grafische Heraut* vroeg zich af waarom er na het doen van die aangifte, waaruit toch zonneklaar bleek, dat het leven van de heer Harredijke gevaar liep, zo weinig voor zijn veiligheid werd gedaan.'
De Cock maakte een wrevelig gebaartje.
'Wat wil die krant dan?'
Commissaris Buitendam spreidde zijn beide handen.
'De hoofdredacteur van *De Grafische Heraut* maakt zich ernstige zorgen over de veiligheid van de huidige journalisten. Er hebben zich de laatste tijd meer incidenten voorgedaan. Als instrumenten van de democratie, zo meende hij, moeten medewerkers van vooral de dagbladpers, zonder bedreigingen, in welke vorm ook, hun journalistieke arbeid kunnen doen.'
De Cock knikte instemmend.
'Prachtig. En verder?'
Commissaris Buitendam keek hem met enig afgrijzen aan. 'Volgens de hoofdredacteur van die krant is de politie voor die veiligheid verantwoordelijk. In een reeks artikelen wil hij het gebrekkig functioneren van de politie aan de kaak stellen.'
De Cock grinnikte.
'Dat had men al veel eerder moeten doen.'
Commissaris Buitendam schudde verward zijn hoofd.
'Wat had men al veel eerder moeten doen?'
'Het gebrekkig functioneren van de politie aan de kaak stellen.' De oude rechercheur strekte zijn arm beschuldigend naar de commissaris uit. 'Leidinggevende figuren, zowel bij de politie als de justitie, hadden al lang moeten protesteren tegen de dictatuur van een kleine groep regeringsambtenaren in Den Haag. Als marionetten, als jaknikkende ledenpoppen wordt alles wat er door die politievijandige groep wordt gedicteerd klakkeloos uitgevoerd... en gaat dat ten koste van de vrijheid en de veiligheid van de goedwillende burgers... journalisten incluis.' De Cock zweeg even en ademde diep. 'Wat er met die heer Harredijke is gebeurd,' ging hij verder, 'is niet de schuld van Vledder of van mij, noch van de politie in Amstelveen. De schuld ligt bij die mensen, die vrijwel kritiekloos de ont-

manteling van de reguliere politie hebben aanvaard en daaraan zelfs hun volle medewerking hebben verleend.'
Commissaris Buitendam wuifde afwerend.
'We hebben uiteraard wel zo onze bezwaren.'
Het klonk uiterst zwakjes.
De Cock grinnikte.
'Onze bezwaren,' herhaalde hij en zijn stem droop van sarcasme. 'Die bezwaren hebben blijkbaar nooit 'zwaar' gewogen... zoals de gehele leiding van politie en justitie nooit bepaald 'zwaarwichtig' is geweest.'
Commissaris Buitendam stond op. Zijn gezicht zag rood. Zenuwtrekken zwiepten over zijn wangen.
De Cock kwam uit zijn stoel overeind. Met zijn beide handen maakte hij een bezwerend gebaar. 'Blijft u rustig zitten,' sprak hij kalm. 'U behoeft uw arm niet in de richting van de deur te strekken... ik ga al.'

'Hoe was de sectie?'
Vledder maakte een grimas.
'Dokter Rusteloos ging tekeer als een kiloslager. Ik heb hem nog nooit zo snel een sectie zien verrichten. De oude lijkensnijder, ik bedoel de patholoog-anatoom, had haast. Had er voor vandaag nog drie op zijn programma. En dat was te merken.'
De Cock knikte begrijpend.
'Ik ken dat. Maar die man heeft zoveel ervaring en routine, dat de snelheid waarmee hij werkt geen afbreuk doet aan zijn nauwkeurigheid. Hij weet precies waar hij op letten moet.' De oude rechercheur grinnikte. 'Ik vroeg hem eens... en dat is al weer enkele jaren geleden... hoeveel gerechtelijke secties hij in zijn lange leven al had verricht. Hij keek mij toen wat dromerig aan en zei: Als ze allen nog leefden, dan zou men er toch een aardig stadje mee kunnen bevolken.'
Vledder lachte.
'Ik heb, volgens jouw opdracht, naar de in- en uitschoten gevraagd. Er is inderdaad een verschil in niveau. De inschoten liggen hoger. Volgens dokter Rusteloos stond de schutter en zat het slachtoffer.'
'En de kogels?'
'Er zat nog een kogel in het lichaam van Emile van den Aerdenburg. De dokter heeft die kogel er uit gepeuterd en aan mij meegegeven.

Van de drie schoten zijn er twee kogels aan de rugzijde uitgetreden. Ik heb het hemd en het vest dat hij droeg nog eens goed bekeken. Ze zijn wel doordrenkt van bloed, maar onbeschadigd. De twee andere kogels moeten toch in de kleding van het slachtoffer zijn blijven hangen.'
De Cock kauwde op zijn onderlip.
'Volgens Jaap Alberts waren ze er niet.' Hij zuchtte. 'En ik heb vertrouwen in die jongen.'
Vledder knikte traag voor zich uit. Er verscheen een denkrimpel in zijn voorhoofd. Vragend keek hij naar De Cock op.
'Wat had Buitendam te vertellen?'
De oude rechercheur glimlachte.
'De commissaris zei, dat hij via de Officier van Justitie had vernomen, dat de hoofdredacteur van 'De Grafische Heraut' vermoedde, dat de aanslag op de heer Harredijke verband hield met diens werk als journalist.'
'In welke opzicht?'
De Cock trok zijn schouders op.
'Dat is mij nog niet duidelijk. De hoofdredacteur was van mening, dat wij na de aangifte van die heer Harredijke, waarbij toch sprake was van een dodelijke dreiging, te weinig voor de veiligheid van de man hadden gedaan.'
Vledder reageerde verbaasd.
'Wat konden wij anders doen dan de politie in Amstelveen verwittigen?'
De Cock knikte.
'Dat heb ik Buitendam ook gezegd.'
'En?'
'Ik had het idee, dat de commissaris zich niet erg behaaglijk voelde. Die hoofdredacteur had gedreigd om in zijn krant een serie artikelen te publiceren, waarin het gebrekkig functioneren van de Nederlandse politie... de Amsterdamse politie in het bijzonder . aan de kaak zou worden gesteld.'
Vledder wreef zich vergenoegd in zijn handen.
'Ik hoop, dat die hoofdredacteur dat doet. Misschien verandert er dan eindelijk iets. We kampen al zo lang met gebrek aan personeel en middelen. Kijk eens naar die oude gammele dienstwagen, waarmee wij nu al jaar en dag door het land crossen.' Hij zweeg even en lachte vrijuit. 'Ben je weer van zijn kamer gestuurd?'

De Cock schudde zijn hoofd.
'Zover heb ik het dit keer niet laten komen. Ik ging zelf al.'
Er werd op de deur van de recherchekamer geklopt en Vledder riep: 'Binnen'.
De deur ging langzaam open en in de deuropening verscheen een knappe vrouw. Op modieuze schoenen met een klein hakje schreed ze statig op de rechercheurs toe.
De Cock bekeek haar aandachtig. Hij schatte haar op achter in de veertig. Zeker niet ouder. Ze droeg, naar zijn gevoel, een te frivool hoedje op te zwart geverfd haar. Verder was ze onberispelijk gekleed. Alleen vond de oude rechercheur, op basis van zijn puriteinse ziel, de rok van haar mantelpakje van ruige rode tweed iets te kort. Bij het bureau van de grijze speurder bleef ze staan.
'U... eh, u bent rechercheur De Cock?' Ze nam een kleine pauze. 'Met... eh, ceeooceekaa?'
De oude rechercheur knikte met een zuur gezicht. Hij vond het nooit prettig wanneer anderen hem met zijn hebbelijkheid plaagden.
'Om u te dienen,' sprak hij vormelijk.
Ze nam ongevraagd op de stoel naast hem plaats. Met nauwkeurige bewegingen plukte ze haar handschoenen van haar vingers. 'U... eh, u behandelt de moord op Emile van den Aerdenburg?' vroeg ze zonder op te zien.
De Cock antwoordde niet. Hij keek naar het frivole hoedje en het mantelpakje van ruige tweed. 'Hebt u het niet koud?' In zijn stem trilde een lichte bezorgdheid. 'Het is nogal guur buiten.'
Ze schudde haar hoofd.
'Mijn chauffeur staat met de wagen voor de ingang van het politiebureau. Hij heeft toestemming van de wachtcommandant gekregen om daar op mij te wachten.'
'Vriendelijke wachtcommandant.'
Ze glimlachte.
'U hebt gelijk... een beminnelijke man.' Ze verschoof iets op haar stoel. 'Ik ben Charlotte... Charlotte Overdinkel. Ik was met Emile van den Aerdenburg getrouwd. Een goed jaar geleden zijn we gescheiden. Via, via, heb ik gehoord, dat mijn ex-man is vermoord. Hoewel ik beslist niet rouw om zijn dood, ben ik toch wel geïnteresseerd in de dader... de daderes... in zijn of haar motieven.' Ze sprak op een kalme, besliste toon, die De Cock verbaasde.
'Hoelang was u getrouwd?'

'Twintig jaar.'
De Cock keek haar verrast aan.
'En... eh, u voelt geen enkele droefenis?' vroeg hij ongelovig.
Charlotte Overdinkel schudde haar hoofd.
'Nee... geen enkele. Ik wil alleen, dat de moordenares haar gerechte straf niet ontloopt.'
De Cock kneep zijn ogen half dicht.
'Moor-de-na-res? U sprak zojuist iets genuanceerder.'
Charlotte Overdinkel knikte.
'Omdat ik niet over voldoende bewijzen beschik.'
'Maar u weet wie voor de moord verantwoordelijk is.'
Charlotte Overdinkel knikte opnieuw. Nadrukkelijk.
'Marianne Olthoven... zij schoot hem dood.'

6

De Cock keek de vrouw die aan zijn bureau zat, secondenlang aan. De grijze speurder tastte haar gelaatstrekken af... in verwarring op zoek naar enige uiting van emotie. Die was er niet. Ook haar lichtbruine ogen verrieden geen enkele beroering. De absolute kilte die ze uitstraalde, deed de oude rechercheur huiveren. 'Een ernstige beschuldiging,' sprak hij bijna ademloos.
Charlotte Overdinkel trok nonchalant haar schouders op.
'Ik meende, dat ik even moest komen om u dit te zeggen,' sprak ze gelaten. 'U kunt mijn beschuldiging verder nemen voor wat ze waard is.'
De Cock plukte even aan zijn neus.
'Wat is ze waard?'
Charlotte Overdinkel leunde met haar arm op de punt van het bureau. 'Ik ben geen rechercheur,' reageerde ze kalm. 'Gelukkig. Maar als ik mij van uw taak zou moeten kwijten, dan wist ik wat mij te doen stond.'
'En dat is?'
'Marianne Olthoven arresteren voor moord... moord op Emile van den Aerdenburg.'
De Cock keek haar onderzoekend aan.
'Zo maar... arresteren... omdat u het zegt.' In zijn stem sloop een licht sarcasme. 'Waar is het bewijs... de feiten en omstandigheden, die een redelijk vermoeden van schuld rechtvaardigen? Als ik mij als rechercheur goed van mijn taak wil kwijten, dan zal ik toch de wettelijke spelregels in acht moeten nemen.'
Charlotte Overdinkel boog zich iets naar hem toe.
'Ik heb u al gezegd: ik beschik niet over vol-doen-de bewijzen. Het is aan u om ze aan te vullen.'
De Cock hield zijn hoofd iets schuin.
'Over welke on-vol-doen-de bewijzen beschikt u?'
Voor het eerst tijdens het onderhoud toonde Charlotte Overdinkel enige onzekerheid. Ze staarde enige seconden strak voor zich uit en friemelde aan de handschoenen in haar schoot. 'Marianne Olthoven,' sprak ze zacht, 'beschikt over een vuurwapen.'
De Cock reageerde verrast.
'Een vuurwapen?'

Charlotte Overdinkel knikte.
'En ze kan er mee overweg. Die vrouw is al vele jaren lid van een schietvereniging. Ze heeft voor dat wapen ook een officiële machtiging. Ik heb mij door anderen... leden van diezelfde schietvereniging... laten vertellen, dat Marianne een bijzonder goed schutster is... of schutteres, schutsvrouw... ik weet echt niet hoe men zo'n vrouwelijke schutter moet noemen.'
De Cock gniffelde.
'Beslist geen schutsvrouw,' sprak hij hoofdschuddend. 'Die hebben gewoonlijk een andere functie dan het hanteren van een vuurwapen.'
Hij gebaarde vrolijk. 'Het is gewoon... schutter.'
Charlotte Overdinkel vertrok geen spier.
'Dat is ze dan... een goede schutter.'
'Weet u wat voor een wapen ze heeft?'
'U bedoelt wat voor een soort schiettuig?'
'Precies.'
Charlotte Overdinkel wuifde wat vaag voor zich uit.
'Ik dacht; een pistool. Zeker weet ik dat niet. Ik weet alleen, dat die Marianne het vuurwapen altijd bij zich draagt in haar handtasje. Dat schijnt officieel niet te mogen, maar sinds men een poging heeft gedaan om in haar huis in de buurt van Maarsbergen in te breken, laat ze het wapen niet meer thuis.'
De Cock keek haar bewonderend aan.
'U bent goed geïnformeerd. U weet vrijwel alles van Marianne Olthoven... haar leefwijze, haar gedrag.'
Charlotte Overdinkel schonk hem een trieste glimlach.
'Ik heb mij altijd sterk voor de liefdes van mijn echtgenoot geïnteresseerd... vooral als ze een wat permanent karakter kregen.'
Vledder kwam plotseling tussenbeide.
'Kent u ene heer Harredijke?'
Charlotte Overdinkel draaide zich enigszins in de richting van de jonge rechercheur.
'De journalist?'
'Inderdaad.'
'Een kennis van mijn man... mijn ex-man.'
Vledder spreidde zijn beide handen.
'Kennis... wat moet ik mij daarbij voorstellen?'
Charlotte Overdinkel grinnikte.
'Dat laat ik aan uw eigen verbeelding over. Ik heb hem wel eens

ontmoet. Een lange vriendelijke man. Zeer voorkomend. Vaak was hij vergezeld van zijn dochter... een beeldschone jonge vrouw. Als mijn man meende, dat er een gelegenheid was om iets te vieren, dan nodigde hij hem altijd uit.'
'Waarom?'
'Wat bedoelt u?'
'Waarom nodigde hij de heer Harredijke uit?'
Charlotte Overdinkel maakte een hulpeloos gebaartje.
'Dat moet u mij niet vragen. Mijn ex-man was zeer sluw. Gewetenloos.' Ze zuchtte. 'Al heb ik het nooit gewaagd hem dat te zeggen. Hij manipuleerde... speelde met mensen alsof ze marionetten waren. Ik heb mij daar altijd over verbaasd. Tot ik op een dag besefte, dat ik ook zo'n marionet van hem was. Toen hield de betovering op.' Ze zuchtte opnieuw. Heel diep. 'Om te leven... om er achter te komen, dat ik ook zelf iemand was... heb ik mij vrijgemaakt.'
De Cock nam het verhoor weer over.
'U bent weggelopen?'
Charlotte Overdinkel draaide zich iets terug.
'Anderhalf jaar geleden.'
'Wist u toen al van zijn verhouding met Marianne Olthoven?'
Charlotte Overdinkel grijnsde.
'Dat wist ik. Maar dat was niet de reden van mijn vlucht.'
Ze gebaarde achteloos. 'Er waren zoveel vrouwen in zijn leven. Ik heb wel eens de gedachte gehad, dat hij er in handelde.'
'In vrouwen?'
Charlotte Overdinkel maakte een lichte schouderbeweging. Over haar gezicht gleed een glimlach... een glimlach vergezeld van een expressie van berusting. Ineens was ze een normale, lieve, gevoelige vrouw... viel alle kilheid van haar af. 'In het begin van mijn huwelijk,' sprak ze gelaten, 'maakte ik mij druk om al die affaires... huurde ik privé-detectives om zijn gangen na te gaan. Maar dat heb ik al gauw opgegeven. Zijn ontrouw was zo frequent en zo openlijk, dat ik voor het vaststellen daarvan geen detectives nodig had.'
'U kon dat zelf wel constateren.'
Charlotte Overdinkel knikte traag.
'En ik raakte daar bedreven in.'
De Cock boog zich vertrouwelijk naar haar toe.
'U bent gekomen,' sprak hij vriendelijk, 'om Marianne Olthoven te beschuldigen van de moord op uw ex-man. U vertelde, dat zij in het

bezit was van een vuurwapen... vermoedelijk een pistool.. en dus beschikt over een middel om de daad te kunnen uitvoeren.' Hij zweeg even voor het effect. 'Kent u ook haar motief?'
Charlotte Overdinkel knikte traag.
'Ze zijn vorige maand in het geheim getrouwd. Marianne Olthoven erft al zijn bezittingen.'

Toen Charlotte Overdinkel was vertrokken, viel er tussen de beide rechercheurs een diepe stilte. Het was alsof haar stem, de vaak bitse toon waarop ze sprak, nog steeds tussen de kale muren van de recherchekamer hing. Het was Vledder, die na enige tijd de stilte verbrak.
'Wanneer gaan we haar arresteren?'
De Cock keek hem verbaasd aan. 'Wie?'
'Marianne Olthoven... van haar kan men nu toch beweren, dat feiten en omstandigheden een redelijk vermoeden van schuld rechtvaardigen?' De jonge rechercheur glimlachte.
'Ik heb goed naar je geluisterd. Ik vind jouw wetskennis nog steeds bewonderenswaardig.'
De Cock keek hem fronsend aan.
'Meen je het echt?'
'Wat?'
'Dat Marianne Olthoven een redelijke verdachte is?'
Vledder knikte nadrukkelijk.
'Nu wij weten dat zij over een vuurwapen beschikt.. wij van haar een redelijk motief kennen... acht ik haar arrestatie wel aannemelijk... gerechtvaardigd. Vergeet niet, dat zij op of omstreeks het tijdstip van de moord op de Keizersgracht was... en dus in de praktische mogelijkheid om Emile van den Aerdenburg neer te schieten. En waar is haar alibi? Wie bevestigt, dat zij die avond naar Maarsbergen is gereden en daar enige uren bij de telefoon heeft vertoefd? Wij hebben daarvoor alleen haar eigen verklaring.'
De Cock staarde een tijdlang voor zich uit. Hij overdacht hoeveel waarheid er school in de woorden van zijn jonge collega. Zijn hersenen werkten op volle toeren... zochten zwakheden in die waarheid.
'Geloof jij,' sprak hij na een poosje, 'dat er een duidelijk verband bestaat tussen de dreigbrieven en de moord op Emile van den Aerdenburg?'
Vledder keek zijn oudere collega wat achterdochtig aan.

'Ja,' sprak hij onzeker, 'dat geloof ik. Het ligt ook het meest voor de hand.'
De grijze speurder leunde behaaglijk in zijn stoel achterover en schudde grijnzend zijn hoofd.
'Dan klopt het niet.'
'Wat klopt dan niet?'
De oude rechercheur grinnikte vreugdeloos.
'Dan past Marianne Olthoven niet in het patroon van de dader of daderes.'
Vledder reageerde verward. 'Dat begrijp ik niet.'
De Cock stak gebarend zijn beide handen naar voren.
'Wat voor zin had het voor Marianne Olthoven om aan haar vriend... of zoals wij mogen aannemen... aan haar wettige echtgenoot... dreigbrieven te sturen in de trant van; *hoeveel is uw leven u waard?* En dat nog wel in een bepaald karakteristiek priegelschrift?'
Vledder trok onwillig zijn schouders op.
'Dat weet ik niet,' riep hij wrevelig. 'Mensen doen soms de vreemdste dingen.'
De Cock schudde zijn hoofd.
'Naar mijn overtuiging,' sprak hij kalm, 'had dat voor haar geen enkele zin. Zelfs al had ze de moord op Emile van den Aerdenburg van tevoren gepland... hoe konden die dreigbrieven haar dienstbaar zijn? Misleiding... van wie, van ons? We kunnen er rustig van uitgaan, dat Emile van den Aerdenburg het handschrift van Marianne Olthoven kende. Die twee zullen elkaar zeker weleens een briefje hebben geschreven.' De grijze speurder veranderde van toon. 'En dacht je nu werkelijk, dat Emile van den Aerdenburg, volgens zijn ex-vrouw een sluwe man, bij ons aan de Warmoesstraat aangifte van bedreiging had gedaan als hij had geweten, dat die dreigbrieven van zijn vriendin afkomstig waren? Was hij dan ooit een huwelijk met haar aangegaan?'
Vledder boog zijn hoofd.
'Dat,' reageerde hij zwakjes, 'is niet aannemelijk.'
De Cock zuchtte.
'Ik heb nog de mogelijkheid overwogen, dat Marianne Olthoven de dreigbrieven door een ander had laten schrijven... in een handschrift, dat haar vriend en latere echtgenoot niet kende.'
De ogen van Vledder lichtten op.

'Dat kan toch?' In zijn stem klonk iets van enthousiasme.
De Cock knikte traag.
'Dat kan... maar dan stuit ik toch direct op een nieuwe moeilijkheid.'
'En dat is?'
De Cock stak opnieuw zijn armen vooruit.
'Ten aanzien van Emile van den Aerdenburg had Marianne Olthoven... let wel; eerst na het sluiten van haar huwelijk met hem... een motief. Met name: het bemachtigen van zijn nalatenschap. Maar zeg eens... wat is haar motief inzake de aanslag op Arend Harredijke, die identieke dreigbrieven heeft ontvangen?'
Vledder keek hem aan. Op het gezicht van de jonge rechercheur lag een uitdrukking van pure verwarring. Hij pakte in woede een ballpoint en smeet die wild op het blad van zijn bureau.
'Een rotzaak,' siste hij.
Het kwam uit de grond van zijn hart.
De Cock stond van zijn stoel op en wees naar de telefoon.
'Bel het hoofdbureau en laat Ben Kreuger en Bram van Wielingen opdraven.'
'Waarheen?'
'Keizersgracht 1119... daar zijn we nog niet aan toegekomen. Ik ben benieuwd wat er in het kantoor van Emile van den Aerdenburg te vinden is.'
Vledder reageerde bezorgd. 'Kun je er in?'
De oude rechercheur grijnsde. Hij tastte in zijn broekzak en diepte daaruit een zilverkleurige ring met sleutels op. Triomfantelijk hield hij de ring omhoog en liet de sleutels vrolijk rinkelen. 'Die heb ik vannacht... in de Churchilllaan... heel snel uit het parelgrijze colbert van Van den Aerdenburg gevist.' Hij slenterde naar de kapstok en wurmde zich in zijn regenjas.
Vledder liep hem na.
'Wat dacht je in dat kantoor te vinden?'
De Cock draaide zich half om.
'Hulzen... patroonhulzen, uitgestoten door een pistool.'
Vledder blikte naar hem op. Zijn ogen werden groot.
'Toch Marianne Olthoven?'

De Cock keek om zich heen. Bij dag zag het stukje gracht er beslist anders uit dan in de nacht. Druk verkeer raasde langs hem heen en

verhinderde hem om de situatie rustig in zich op te nemen.
Bij de Keizersgracht op 1119 beklom hij de blauwe hardstenen stoep. Vledder kwam hem na. Boven, op het bordes, nam de oude rechercheur het stukje gracht opnieuw in ogenschouw. Vledder kwam naast hem staan. Hij strekte zijn arm en wees schuin rechts voor zich uit.
'De boom, waaronder wij die Emile van den Aerdenburg vonden, ligt hier zeker honderd meter vandaan.'
De Cock knikte traag.
'Is dat niet vreemd?'
'Hoezo?'
De oude rechercheur antwoordde niet direct. Hij kneep zijn ogen half dicht. Diepe denkrimpels kronkelden boven zijn linkerwenkbrauw. Het duurde enkele seconden. Toen duimde hij over zijn schouder naar de groene toegangsdeur.
'Daar,' sprak hij traag, 'in zijn kantoor, vond, volgens haar zeggen, Marianne Olthoven zijn colbert en trench-coat. We mogen hieruit concluderen, dat Emile van den Aerdenburg in zijn hemdsmouwen... hoogst waarschijnlijk in zijn stoel achter zijn bureau zat... op het moment dat de kogels hem dodelijk troffen. Dat zou ook het verschil in niveau van de in- en uitschoten verklaren.' Hij zweeg even en keek naar Vledder. 'Welke vraag dringt zich nu onmiddellijk bij je op?'
De jonge rechercheur kauwde even peinzend op zijn onderlip.
'Waarom liet Emile van den Aerdenburg zijn moordenaar of moordenares tot zijn kantoor toe?'
De Cock schudde zijn hoofd.
'Dat bedoel ik niet. De moordenaar of moordenares kan bij verrassing zijn binnengekomen. Bijvoorbeeld: omdat hij zijn kantoor niet had afgesloten. Het kan ook zijn, dat Emile van den Aerdenburg hem of haar gewoon ontving... simpel een afspraak had... dat Emile hem of haar kende en meende geen gevaar behoeven te duchten.' Hij schudde opnieuw zijn hoofd. 'Ik bedoel iets anders.'
Vledder reageerde onzeker.
'Wat?'
De Cock spreidde zijn beide handen.
'Waarom liet de moordenaar of moordenares het lijk van Emile van den Aerdenburg niet gewoon in zijn kantoor achter? Waarom nam hij of zij het immense risico om met het lijk te gaan slepen?' Hij

zuchtte diep en in zijn stem sloop wanhoop. 'En als hij of zij het om een of andere duistere reden toch dienstig vond om het lijk in de stromende regen tegen een boom te zetten... waarom dan een boom een honderd meter verder... terwijl hier, voor Keizersgracht 1119, aan de kant van de gracht toch ook een prachtexemplaar van een boom staat?'
De oude rechercheur wachtte geen antwoord af. Hij pakte met driftige bewegingen de zilverkleurige ring met sleutels uit zijn broekzak en draaide zich om.
Op dat moment kwam een jonge vrouw de trappen van het bordes op. Voor de groengelakte toegangsdeur bleef ze staan, pakte een sleutel uit haar zwartlederen handtasje en stak die in het slot.
De Cock tikte op haar schouder.
'Waar gaat u heen?'
Ze keek hem verrast aan.
'Naar mijn werk.'
'U... eh, u werkt hier?'
Het was een overbodige vraag.
'Bij de heer Van den Aerdenburg.'
De Cock blikte op zijn horloge.
'Begint u nu... komt u terug van middagpauze? Het is bijna half drie.'
Ze draaide de sleutel om en duwde tegen de deur.
'Ik heb variabele werktijden,' sprak ze achteloos. 'Ik begin en eindig wanneer ik wil.'
'Prettig.'
'Bovendien is hij er vrijwel nooit.'
Ze wilde de deur verder open duwen, maar de oude rechercheur hield zijn hand op de kruk.
'Ik vrees,' sprak hij vriendelijk, 'dat u naar een andere werkgever moet omzien... de heer Van den Aerdenburg is dood.'
Ze keek hem verbijsterd aan.
'Wie... eh, wie bent u?'
'De Cock, rechercheur De Cock met...'
Haar grijsgroene ogen begonnen vreemd te draaien. Haar mond zakte open en over haar gezicht gleed een intense bleekheid. Even wankelde ze. Toen zakte ze bewusteloos naar de stoep.

7

Bram van Wielingen stormde met twee treden tegelijk de stenen stoep op. Geschrokken zette hij zijn aluminium koffertje op het bordes en hurkte bij de bewusteloze vrouw neer. Verwijtend keek hij naar De Cock omhoog.
'Wat heb je met haar gedaan?'
De oude rechercheur maakte een hulpeloos gebaartje.
'Niks, helemaal niks. Ik zei haar alleen, dat ik rechercheur De Cock was en toen...'
Bram van Wielingen plooide zijn gezicht in een grijns.
'En dat noem jij 'niks',' riep hij verwonderd. 'Het is, dat ik jou al jaren ken, anders zou ik bij het horen van jouw naam ook acuut een hartstilstand krijgen.' Het klonk niet vriendelijk of komisch. De fotograaf drukte de rug van zijn hand aan beide zijden tegen haar bleke wangen.
'Wie is zij?'
De Cock trok zijn brede schouders op.
'Dat weet ik niet. Ik heb nog geen kans gekregen om naar haar naam te vragen.' Hij wees naar de groengelakte toegangsdeur op een kier. 'Dit is het kantoor van die vermoorde man van vannacht.'
'Die onder de boom?'
'Ja.'
Bram van Wielingen monsterde het fraai gevormde, ovale gezicht van de jonge vrouw in een omlijsting van licht golvend kastanjebruin haar. Hij klakte een paar maal met zijn tong. 'Een verdomd knappe meid,' riep hij bewonderend. 'Ik kan niet anders zeggen.' Hij legde zijn vlakke hand op de stoep en keek bezorgd naar De Cock. 'Maar als ze hier nog lang op die koude steen blijft liggen, loopt ze beslist een longontsteking op.' Hij drukte zich kreunend uit zijn gehurkte houding omhoog. 'Wat denk je? Het lijkt mij het beste, dat ik via de mobilofoon even de geneeskundige dienst waarschuw.'
De jonge vrouw deed haar ogen open.
'Geen geneeskundige dienst,' sprak ze zacht. 'Het gaat al weer beter.' Ze probeerde overeind te komen. Bram van Wielingen en De Cock schoten haastig toe en hielpen haar op de been. Ze drukten de groene deur verder open en leidden haar naar binnen.
Via een portaal met rechts een gesloten uitkijkluikje, kwamen ze in

een brede, met wit marmer beklede gang. Geketend aan lange guirlandes kleefden boven hun hoofden wulpse engeltjes aan het plafond. Vrijwel direct links was een monumentale eiken deur met midden in het bovenpaneel *E. van den Aerdenburg, ontwerper*, in sierlijke, witgelakte schrijfletters.
De Cock wenkte Vledder naderbij.
'Onderzoek dat kantoor. En wees voorzichtig. Vermoedelijk liggen ergens op de vloer een paar koperen patroonhulzen. Trap er niet op. Markeer duidelijk de vindplaatsen.' Hij draaide zich half om en wendde zich tot Bram van Wielingen.
'Is Ben Kreuger al onderweg?'
De fotograaf knikte nadrukkelijk.
'Hij zal zo wel komen. Hij moest eerst op de Haarlemmerstraat nog een klusje opknappen... een inbraak in een kledingmagazijn.'
'Ik heb je foto's van vannacht nog niet gekregen.'
Bram van Wielingen trok een pijnlijk gezicht.
'Ik heb ze wel ontwikkeld. Maar het werd mij echt toch te laat om ze nog af te drukken. Vanmiddag, dan heb je...'
De Cock wuifde het excuus weg en gebaarde naar de eiken deur. 'Ik wil nu overzichtsfoto's van het interieur... details van de bureaus... en als Vledder hulzen vindt... een duidelijk prentje van de vindplaatsen.'
De fotograaf bewoog zijn hoofd in de richting van de jonge vrouw, die hij nog steeds zorgzaam bij haar arm vasthield. 'En zij?'
De Cock grijnsde breed.
'Ik vermoed, dat zij jouw vaderlijke steun niet langer nodig heeft.' In zijn stem kroop een lichte spot. 'Ik zal mij verder wel over haar ontfermen.'
Toen Bram van Wielingen haar had losgelaten, keek de grijze speurder de jonge vrouw enige seconden scherp onderzoekend aan. Hij zag, dat er weer kleur op haar wangen was gekomen. Haar grijsgroene ogen stonden helder. 'Mag ik u een paar vragen stellen?'
Ze knikte traag.
'Dat mag u,' antwoordde ze benepen.
De Cock had in zijn lange loopbaan als rechercheur aan de Warmoesstraat zo dikwijls een onderzoek in een van die oude grachtenhuizen verricht, dat hij globaal de indeling kende.
Aan het einde van de marmeren gang leidde hij de jonge vrouw rechts naar een houten trap, die wentelend omlaag voerde naar een

kille, witbetegelde keuken. Links, boven het granieten aanrecht, had men een beperkt uitzicht over een verwilderde tuin met stammen van eeuwenoude bomen.
Rechts, tegen de muur, stond een ruwhouten tafel met aan weerszijden een stoel.
De grijze speurder wees uitnodigend.
'Gaat u zitten.'
De jonge vrouw nam plaats. De kilte van de keuken deed haar huiveren. De Cock ging tegenover haar zitten.
'Hoe... eh, hoe lang werkt u al hier op de gracht?' opende hij voorzichtig.
Ze zuchtte diep.
'Nog niet zo lang... een paar maanden... enkele uren per dag.' Ze leunde met haar onderarmen op de tafel. 'Is... eh, is meneer Van den Aerdenburg echt dood?'
De Cock knikte.
'Vermoord,' sprak hij ernstig. 'Iemand joeg hem gisteravond drie kogels door zijn borst... vermoedelijk hier boven in zijn kantoor.'
'Verschrikkelijk.'
'Inderdaad.'
Ze keek naar hem op.
'Weet u al wie het heeft gedaan?'
De Cock schudde zijn hoofd.
'Misschien kunt u mij helpen?'
'Ik weet niet veel.'
De Cock glimlachte.
'Ik ben er van overtuigd,' sprak hij beminnelijk, 'dat u mij wel een paar inlichtingen kunt verschaffen.' Hij pauzeerde even. 'Ik heb mij op een... eh, een nogal brute wijze aan u voorgesteld. Dat is doorgaans niet mijn gewoonte. Mijn verontschuldiging.'
Ze blikte even vluchtig naar hem op.
'Geaccepteerd.'
De Cock kwam overeind, liep naar het aanrecht, pakte een glas en vulde dat half met water. Hij bracht het haar. 'Hier, neem een slokje voor de schrik.' Hij wachtte tot ze iets gedronken had en ging toen weer tegenover haar zitten. 'Hoe is uw naam?'
'Sonja... Sonja van Poeldijk.'
'Hoe bent u aan deze kantoorbaan gekomen?'
'Via een advertentie in *De Grafische Heraut*.'

'Ontving de heer Van den Aerdenburg wel eens mensen op zijn kantoor?'
'Nooit... althans nooit waar ik bij was.'
'Zegt de naam Marianne Olthoven u iets?'
Sonja van Poeldijk knikte.
'Ze belde wel eens als meneer Van den Aerdenburg op kantoor was.'
'Dat gebeurde zelden... heb ik begrepen.'
'Hij was meest op reis.'
'Waarheen?'
Sonja van Poeldijk gebaarde wat vaag in de ruimte.
'Het verre Oosten... Thailand, Cambodja, Sri Lanka. Ook wel naar derde-wereldlanden in Midden-Afrika, zoals Angola, Tanzania en Zaïre.'
De Cock keek haar fronsend aan.
'Wat deed hij daar?'
'Zaken.'
De grijze speurder lachte.
'Ik neem niet aan,' sprak hij gniffelend, 'dat hij voortdurend met vakantie was.' Hij keek haar schuins aan. 'Wat voor zaken deed hij?'
'De heer Van den Aerdenburg was ontwerper. Hij ontwierp dameskleding. Confectie. Die liet hij, zo vertelde hij mij, in die landen fabriceren. Dat bracht veel winst op. De arbeidskrachten waren daar erg goedkoop... zeker in vergelijking met ons land.'
De Cock knikte begrijpend.
'Bent u wel eens mee geweest op zakenreis?'
Sonja van Poeldijk schudde haar hoofd.
'De heer Van den Aerdenburg was een erg gesloten man... in zichzelf gekeerd.' Ze gebaarde met haar beide handen. 'Voor mij was hij een prima werkgever. Vriendelijk, niet veeleisend. Hij was ook nooit opdringerig... bleef altijd heer... zocht nooit toenadering... kwam nooit aan je.'
Over haar lief ovaal gezichtje gleed een moede glimlach. 'Gelooft u mij... ik heb in het verleden wel anders meegemaakt.'
De Cock liet het onderwerp rusten.
'Waaruit bestond uw werk?'
Sonja van Poeldijk trok nonchalant haar schouders op.
'Het stelde echt niet veel voor. Als er een telefoontje kwam, dan moest ik zeggen, dat meneer op reis was. Verder stuurde ik de post

die er kwam, door naar zijn huis aan de Churchilllaan.'
De Cock reageerde verrast.
'Geen administratie?'
Sonja van Poeldijk grinnikte.
'De heer Van den Aerdenburg voerde geen boekhouding. Ik vermoed, dat hij dat om belastingtechnische redenen niet zo wenselijk achtte.'
'Het is jammer,' sprak hij spijtig, 'dat u die mooie baan nu kwijt bent.'
Sonja van Poeldijk kwam naast hem staan.
'Geluk duurt nooit lang,' sprak ze triest.
De Cock liep voor haar uit. Bij het begin van de wenteltrap bleef hij staan en draaide zich om. Zijn gezicht stond ernstig. 'Hebt u er wel eens iets van gemerkt, dat de heer Van den Aerdenburg werd bedreigd?'
Sonja van Poeldijk keek hem geschrokken aan.
'Dat was ik bijna vergeten om te vertellen. Er was eens een vrouw.'
'Wat voor een vrouw?'
Sonja van Poeldijk zwaaide wat geagiteerd.
'Dat weet ik niet. Ze heeft mij haar naam niet genoemd. Ze belde en vroeg naar de heer Van den Aerdenburg. Ik zei: Die is op reis. Toen zei ze: Als hij terugkomt, zeg hem, dat ik nog steeds geen advertentie heb gezien. Ik vroeg: Wat voor een advertentie moet het zijn? Toen lachte ze en zei: Misschien zijn een paar kogels hem meer waard.'

Nadat hij Sonja van Poeldijk vanaf het bordes had uitgewuifd, liep De Cock snel terug naar de keuken, zette de drie middelste vingers van zijn rechterhand in het glas, spreidde ze en liep met het glas haastig naar boven naar Ben Kreuger, die juist zijn koffertje wilde sluiten.
De dactyloscoop keek hem verrast aan.
'Waar heb je dat vandaan?'
De Cock wees.
'Dat zijn de vingerafdrukken van Sonja van Poeldijk,' legde hij uit. 'Dat is het meisje dat hier op kantoor werkte. Dat is makkelijk voor je. Dan behoef je er niet naar te zoeken.'
Ben Kreuger kwastte het glas in. Er verscheen een duidelijk greepje. De dactyloscoop nam het op folie over. Daarna deed hij zijn koffer-

tje dicht en groette tot afscheid. De Cock vertelde Vledder in het kort van zijn onderhoud met Sonja van Poeldijk. Daarna nam hij de zilverkleurige ring met sleutels uit zijn zak en sloot het kantoor.
Vanaf de Keizersgracht liepen ze terug naar de Warmoesstraat. Het stormde nog steeds. Her en der lagen afgewaaide boomtakken. De Cock sjorde zijn oude hoedje tot op zijn oren en boog zijn hoofd in de wind. Vledder keek hem van terzijde aan.
'Misschien-zijn-een-paar-kogels-hem-meer-waard... dat is een duidelijke verwijzing naar de dreigbrieven.'
'Inderdaad.'
Via de Toren- en de Molsteeg liepen ze naar de Gravenstraat en vandaar naar de Nieuwendijk. De harde wind was er niet zo voelbaar.
Vledder zwaaide.
'We kunnen Marianne Olthoven nu wel uitsluiten.'
'Hoezo?'
'Die Sonja van Poeldijk zou beslist haar stem hebben herkend.'
De Cock bromde.
'Wees in deze zaak voorzichtig met je conclusies,' sprak hij belerend. 'We weten nog te weinig. Hoewel ik verstandelijk de grootste moeite heb om het te geloven, blijft de mogelijkheid, dat Marianne Olthoven dreigbrieven door een ander heeft laten schrijven... iemand met een priegelschrift... begrijp je... een vrouw, die op haar verzoek ook duistere telefoontjes pleegde.'
Vledder schudde misnoegd zijn hoofd.
'Ik vind dit zo'n glibberige zaak. Bijna onwerkelijk. Ik heb het akelige gevoel, dat we er nooit uitkomen.' Hij zweeg even. 'Als ik het goed begrijp, dan sluit je Marianne Olthoven niet uit... blijft ze op jouw lijstje van verdachten staan?'
De Cock knikte nadrukkelijk.
'Iedereen blijft op mijn lijstje staan,' antwoordde hij knorrig. 'Ik ga pas schrappen als ik de werkelijke dader of daderes heb ontmaskerd.'
'En daar geloof jij in?'
'Per se.'
Vledder zuchtte.
'In ieder geval heeft die Marianne Olthoven ons belogen.'
'In welk opzicht?'
'Ze had geen LAT-verhouding met Emile van den Aardenburg. Ze

was met hem getrouwd.'
De Cock trok achteloos zijn schouders op.
'Misschien wilde ze dat voor ons niet weten. Charlotte Overdinkel sprak toch van een geheim huwelijk?'
Vledder snoof.
'Maar wel een huwelijk, dat haar na het overlijden van Emile van den Aerdenburg een fortuin oplevert. Ik schat die ontwerper toch op een aanzienlijk vermogen.' De jonge rechercheur trok een bedenkelijk gezicht. 'Ik heb het gevoel, dat jij er anders over denkt, maar ik vertrouw haar niet.' Hij stak gebarend zijn wijsvinger omhoog. 'En je zult zien dat ik gelijk krijg.'
De Cock lachte.
'Heb je in het kantoor hulzen gevonden?'
Vledder knikte.
'Drie.'
'Waar lagen ze?'
'Bij de deur. In een kring van nog geen meter. Ik denk, dat de schutter vrijwel direct na zijn of haar binnenkomst heeft gevuurd.'
'Terwijl Emile van den Aerdenburg in zijn hemdsmouwen verstijfd achter zijn bureau zat.'
'Zo ongeveer.'
Ze staken de rijbaan van het Damrak over. De Cock blikte opzij.
'Die drie patroonhulzen en de kogel, die dokter Rusteloos uit het lichaam van Emile van den Aerdenburg heeft gepeuterd, moeten naar het Gerechtelijk Laboratorium in Den Haag.'
Vledder knikte begrijpend.
'En het pistool van Marianne Olthoven?'
'Wat wil je daarmee?'
'Moeten we dat niet in beslag nemen en ook naar het laboratorium sturen voor schietproeven?'
De Cock keek hem van terzijde aan.
'Schietproeven?' herhaalde hij vragend.
Vledder knikte.
'Om te onderzoeken of de kogel en de patroonhulzen uit haar pistool komen.'
Midden in de Oudebrugsteeg, op het trottoir bij de ingang van de schippersbeurs, bleef de grijze speurder staan. Met zijn oude hoedje strak over zijn hoofd getrokken, leek hij op een boerenmannetje uit een klucht. Maar zijn gezicht stond ernstig.

'Als Marianne Olthoven,' sprak hij scherp, analyserend, 'zo gemeen, sluw en doortrapt is als jij vermoedt, dacht jij dan dat zij een moord pleegde met een pistool, waarvoor haar een officiële machtiging is verleend... een wapen, dat op haar naam staat geregistreerd?'
Vledder liet zijn hoofd beschaamd zakken. Eerst na vele seconden richtte hij zijn hoofd weer op. Op zijn gezicht lag een somb̄ere trek.
'Ik geloof,' sprak hij mistroostig, 'dat het beter is, dat jij de zaak verder alleen opknapt. Deze affaire ligt mij niet.'
De Cock schudde zijn hoofd. Lachend sloeg hij zijn arm om de schouders van zijn jonge collega.
'Ik ga niet alleen verder. Geen denken aan. Ik heb je veel te hard nodig.'
Hij duwde hem zachtjes voort. Toen ze de Warmoesstraat inliepen, had De Cock nog steeds zijn arm om de schouders van Vledder. Een jong hoertje klapte in het voorbijgaan op de rug van haar hand. De oude rechercheur nam zijn arm weg.
Toen ze de hal van het politiebureau binnenstapten, riep Jan Kusters hen van achter de balie.
De Cock liep op de wachtcommandant toe.
'Wat is er?'
'De heer Harredijke heeft gebeld.'
'En?'
'Hij vroeg of je nog belangstelling voor hem had.'

8

Onderuitgezakt, zijn oude hoedje vertrouwd tot op zijn wenkbrauwen, zat De Cock naast Vledder in de Volkswagen en dommelde. De gevolgen van een te geringe nachtrust waren nog niet geheel uit zijn botten verdwenen. De oude rechercheur droomde van een lieve wereld zonder misdaad en geweld, een wereld van vrede op aarde met louter vrolijke, opgewekte mensen in de zon, allen gekleed in een wit vormloos hemd en een fraai lichtend aureooltje zwevend boven hun kruin.
Het hobbelen over een slecht stukje wegdek deed hem ontwaken. Hij schoof zijn hoedje terug en drukte zich wat omhoog. Tot zijn niet geringe verbazing zag hij links het glinsterende water van de Amstel en rechts de coniferenhaag van de begraafplaats Zorgvlied.
Hij keek opzij naar Vledder aan het stuur.
'Hoe rij jij naar Amstelveen?'
'Via Ouderkerk aan de Amstel.'
De Cock grijnsde.
'Waarom niet via Kloosterzande?'
Vledder reageerde verrast.
'Dat ligt in Zeeuws-Vlaanderen.'
De Cock knikte instemmend.
'Precies. Ik bedoel maar... dit lijkt mij toch niet de kortste weg.'
Vledder trok een verongelijkt gezicht.
'Ik deed het voor jou. Ik dacht, dat je graag nog eens langs het buiten 'Blijemeer' wilde rijden om te zien of vijandig blazende ganzen daar opnieuw de bewaking hebben overgenomen.'
Op het gezicht van de grijze speurder kwam een peinzende uitdrukking. De verschrikkingen die op 'Blijemeer' hadden plaatsgevonden, kwamen even terug in zijn gedachten*. Hij liet zich geeuwend onderuitzakken.
'Ik heb één verzoek,' bromde hij.
'En dat is?'
'Rij zo snel mogelijk aan dat landgoed voorbij.'
Lachend drukte Vledder op het gaspedaal.
Langs restaurant Paardenburg, een smalle bochtige straat en De

* Zie *De Cock en de ganzen van de dood*

Oude Prins van 1651, reden ze verder langs de Amstel. Na het viaduct van de snelweg A9 sloegen ze rechtsaf en reden langs de Akker naar Amstelveen.
Op de parkeerplaats van het Tulp-ziekenhuis aan de Groenelaan was plaats genoeg. Vledder zette de politie-Volkswagen naast een lichtgrijze Mitsubishi Galant. Hij stapte haastig uit, liep om de wagen heen en maakte gedienstig het portier voor De Cock open.
De oude rechercheur keek argwanend op.
'Sinds wanneer is dat?'
Vledder glimlachte geamuseerd.
'Ik heb eerbied voor jouw grijze haren.'
De Cock stapte breed grijnzend uit.
'Het zal tijd worden,' sprak hij met gespeelde waardigheid. Ze sjokten naar de ingang.
In de hal van het Tulp-ziekenhuis nam de oude rechercheur zijn hoedje af en boog gracieus voor een jonge, wat mollige verpleegster. Ze droeg een helwit, bijna doorschijnend gewaadje... niet zo vormloos als de witte hemden uit zijn dromen, maar een daarbij behorend glanzend aureooltje had hij haar graag gegund.
Nadat hij haar hun verlangens ten aanzien van de heer Harredijke had kenbaar gemaakt, leidde de verpleegster hen naar een ruime kamer met een groot ziekenhuisbed, waarin een lange man met grijs golvend haar lag. De Cock nam hem even scherp in zich op. In een fletsblauwe pyjama zag de heer Arend Harredijke er niet zo indrukwekkend uit als met zwarte gleufhoed, antracietgrijze mantel en een witzijden sjaal.
De journalist trok een koptelefoon van zijn oren en drukte zich wat omhoog. 'Ik luisterde net naar Radio Tulipa, de eigen omroep van dit ziekenhuis.' Hij wees naar de stoelen naast zijn bed. 'Neemt u plaats. Ik had u al veel eerder verwacht.'
De Cock veinsde verbazing.
'Zijn er nog geen mensen van de recherche van Amstelveen bij u geweest?'
De heer Harredijke knikte.
'Maar volgens mij is die aanslag op mijn leven een uitvloeisel van de dreigbrieven, die men aan mij richtte. En van die bedreiging heb ik bij u aan de Warmoesstraat aangifte gedaan.'
De Cock knikte geruststellend.
'Wij zullen die aanslag op u ook zeker bij ons onderzoek betrekken.'

De heer Harredijke zuchtte diep.
'Ik begin langzamerhand iets rustiger te worden. Maar emotioneel ben ik nog lang niet over die aanslag heen. Als iemand hier onverwachts de kamer binnenstapt, dan voel ik opnieuw mijn lichaam schokken en breekt mij het angstzweet uit.' Hij wees naar zijn linkerarm in een mitella. 'Het heeft een haartje gescheeld of mijn bot was verbrijzeld. Gelukkig is het tot een vleeswond beperkt gebleven. En volgens de arts die mij behandelt, zal ik aan die arm geen blijvend letsel ondervinden. Maar ik moet er niet aan denken, dat die kogel mij tien centimeter meer naar links had getroffen.'
De Cock schudde zijn hoofd.
'Dan had u vermoedelijk nu niet meer gedacht... niet meer kunnen denken. Dan was de kogel recht door uw hart gegaan.'
De heer Harredijke slikte. Met trillende hand wees hij naar een stalen kast aan de wand.
'Daarin hangt mijn colbert. Dat moet u eens bekijken. Het is compleet een wonder dat ik nog leef. Er zijn twee kogels door mijn schoudervulling gegaan en een door mijn linkermouw heeft die vleeswond veroorzaakt.' Om zich te vermannen sloot de journalist even zijn beide ogen. 'Ik geloof,' sprak hij zuchtend, 'dat ik mijn leven heb te danken aan het feit, dat ik mij onmiddellijk heb laten vallen.'
De Cock gebaarde naar de kast.
'Hebben de rechercheurs van de politie van Amstelveen uw colbert onderzocht?'
De heer Harredijke knikte.
'Men heeft mij verzekerd, dat daarvan een omschrijving zou worden opgenomen in het proces-verbaal, dat van de aanslag wordt opgemaakt. Er is zelfs iemand van de politie van Amstelveen gekomen om mijn colbert te fotograferen. Als u het kledingstuk bekijkt, dan zult u zien, dat de fotograaf de beschadigingen aan mijn colbert door de kogelinslagen met wit krijt heeft gemarkeerd... voor de duidelijkheid.'
De Cock knikte begrijpend.
'Waar vond de aanslag plaats?'
'Voor de deur van mijn woning.'
'Hoe laat was dat?'
De heer Harredijke duidde in de richting van Vledder. 'Na het doen van mijn aangifte in de Warmoesstraat ben ik direct met mijn auto

naar Amstelveen gereden. Ik was net thuis. Ik had mijn mantel en mijn hoed in de gang aan de kapstok gehangen, toen ik buiten op straat het geronk van een motor hoorde. Het geluid maakte iets in mij wakker. Ik dacht aan de dreigbrieven en aan de motorrijder, die ik in verband daarmee had achtervolgd. In een impuls ben ik in mijn colbert naar buiten gelopen. Ineens stond er iemand in een leren kostuum voor mij... een helm op het hoofd en een pistool in de hand. Ze zei zoiets als 'Jij zwijn' en schoot.'
De Cock keek de journalist nadenkend aan.
'Jij zwijn?' herhaalde hij vragend.
De heer Harredijke knikte.
'Ik... eh, ik dacht, dat ze dat zei.'
'Ze?'
De journalist kneep zijn ogen dicht. Zijn mond bewoog zonder dat hij iets zei. Hij slikte een paar maal en opende zijn ogen weer. Groot en verschrikt staarden ze in het niets.
'Het... eh, het was een vrouw.'

De Cock wachtte geduldig tot de heer Harredijke zich weer enigszins in bedwang had. De oude rechercheur was blij, dat tussentijds geen arts of een lid van het verplegend personeel de ziekenkamer betrad. Men zou hem beslist een verder verhoor hebben verboden.
Bezorgd boog De Cock zich iets naar voren.
'Gaat het al weer een beetje?'
De heer Harredijke knikte vaag.
'Het terugroepen van zo'n beeld roept toch veel spanningen in mij op.'
'Het lijkt mij een beangstigende ervaring,' antwoordde De Cock, hij zweeg even.
'Hebt u de stem herkend?'
De heer Harredijke schudde zijn hoofd.
'Ik heb ook geen accenten beluisterd. Ik weet alleen heel zeker, dat het de stem van een vrouw was.'
'Signalement?'
De heer Harredijke gebaarde hulpeloos.
'Vrijwel niet te geven... in het leer... een helm op. Ze was niet groot. Hooguit een meter zestig. Meer kan ik u echt niet zeggen.'
'Hebt u haar zien of horen wegrijden?'
De heer Harredijke bracht zijn rechterhand naar zijn hoofd. 'Ik had

nadat die schoten waren gevallen, geen waarneming meer. Ik was verdoofd, geschokt. Toen ze weg was, ben ik overeind gekrabbeld, mijn huis in gerend en heb de politie gebeld.'
De Cock wachtte even om hem tot bedaren te laten komen. 'Uw hoofdredacteur van 'De Grafische Heraut', ging hij toen voorzichtig verder, 'deed de suggestie, dat de dreigbrieven en de aanslag verband zouden houden met uw journalistieke arbeid.'
De heer Harredijke maakte een schouderbeweging.
'Dat is ook het enige dat ik mij kan voorstellen,' sprak hij met een zweem van wanhoop. 'Als journalist kweekt men soms vijanden. Dat is onvermijdelijk. Men openbaart zaken, die anderen liever verborgen houden.'
'Zoals?'
De heer Harredijke wuifde met zijn vrije rechterhand. 'Ik heb eens een serie artikelen geschreven over fraude bij het aanvragen en verkrijgen van bouwsubsidies. Daar maak je niet altijd vrienden mee.'
De Cock hield zijn hoofd iets schuin.
'U dacht, dat de dreigbrieven en de moordaanslag uit die hoek kwamen?'
De heer Harredijke reageerde geprikkeld.
'Niet direct de bouwwereld,' sprak hij wrevelig. 'Ik heb de laatste tien jaar in mijn krant op heel wat gesjacher en gesjoemel in onze samenleving geattendeerd. U bent rechercheur van politie... ik weet: een man met veel ervaring... toch zoudt u zich verbazen over hetgeen er zich... bijvoorbeeld... in de zogeheten witte-boordencriminaliteit allemaal afspeelt.'
'Dat is uw specialiteit?'
'Min of meer.'
'Hoe bedoelt u dat?'
De heer Harredijke zwaaide geagiteerd.
'Dat is zo gegroeid. Ik heb in die kringen nu eenmaal mijn beste informanten.'
De Cock plukte aan zijn neus.
'En vijanden?'
De heer Harredijke antwoordde niet direct. Hij dacht zichtbaar na. 'Och,' sprak hij na een poosje, 'ik zal wel eens mensen hebben gekrenkt. Zeker. Er zullen ook beslist wel lieden zijn, die mij om een of ander artikel dat ik schreef, hebben vervloekt. Ik heb in de loop

der tijd ook wel boze brieven ontvangen, maar dat zo'n boosheid zou leiden tot een complete moordaanslag...' Hij maakte zijn zin niet af en verviel opnieuw in gepeins.
De Cock kauwde nadenkend op zijn onderlip.
'Dat zijn reacties, die u als journalist opriep... Heeft u misschien vijanden in de persoonlijke sfeer... vrouwen, die zich door u miskend achten?'
De heer Harredijke trok opnieuw zijn schouders op.
'Ik ben weduwnaar. Mijn vrouw is twee jaar geleden na een langdurige ziekte overleden. Nadien heb ik geen relaties meer met vrouwen aangeknoopt.' Hij bracht een trieste glimlach. 'Ik heb er ook de moed niet toe.'
De lankmoedigheid van de man maakte De Cock wat driftig.
'Heer Harredijke,' sprak hij op geprikkelde toon, 'de oplossing zal toch van uzelf moeten komen. Ik ken uw leven niet. U zult toch ernstig moeten nadenken... voorvallen uit het verleden... ruzies... botsingen. Zo'n moordaanslag komt niet zomaar uit de lucht vallen. Daar gaat iets aan vooraf.' Hij zuchtte en zweeg even. Daarna keek hij de man voor zich secondenlang gespannen aan. 'Kent u de heer Van den Aerdenburg?'
'Ja.'
'Hoe?'
'Ik heb hem wel eens geïnterviewd.'
'Inzake?'
De heer Harredijke maakte een vermoeid gebaartje.
'Ik was van mening, dat hij door gebruik te maken van goedkope buitenlandse arbeidskracht de Nederlandse confectie-industrie naar de knoppen hielp.'
'Hoe reageerde hij?'
Op het bleke gezicht van de heer Harredijke kwam een glimlach.
'Minzaam... moet ik zeggen... uiterst minzaam. Hij vergat mij later nooit uit te nodigen wanneer hij weer eens een feestje hield.'
'Weet u, dat ook hij dreigbrieven kreeg?'
De journalist schudde zijn hoofd.
'Dat wist ik niet.'
De Cock knikte.
'Geschreven in hetzelfde priegelschrift als de dreigbrieven die u ontving.'
De heer Harredijke boog zich in zijn bed naar voren.

’Hij ook?’ riep hij verrast.
De Cock pauzeerde even voor het effect.
’Emile van den Aerdenburg is dood. Iemand joeg hem gisteravond drie kogels door zijn borst.’
De journalist staarde de oude rechercheur wezenloos aan.
’Wat... wat,’ stamelde hij na een poosje. ’Wat heeft Van den Aerdenburg met mij gemeen?’
De Cock grijnsde.
’Precies... dat vraag ik mij af.’

9

Vledder liet zich in de stoel achter zijn bureau zakken en keek naar De Cock op. 'Ik heb de hele weg vanaf Amstelveen zitten nadenken.'
'Waarover?'
'Wat die twee gemeen hebben.'
'Je bedoelt Van den Aerdenburg en Harredijke?'
'Precies... beiden ontvingen dezelfde dreigbrieven.. op beiden werd een moordaanslag gepleegd.'
'En?'
'Wat bedoel je?'
'Wat hebben jouw overpeinzingen opgeleverd?'
Vledder zuchtte met een grijns.
'Het enige gemeenschappelijke wat ik kon vinden, was, dat zij beiden kennis droegen van methodieken op het gebied van de witte-boorden-criminaliteit.'
De Cock keek hem fronsend aan.
'Het is een specialiteit van de journalist Harredijke. Hij is daar in gegroeid. Maar waaruit blijkt, dat ook Emile van den Aerdenburg iets van witte-boorden-criminaliteit wist?'
Vledder grinnikte vreugdeloos.
'Zijn grote welstand. De enorme luxe waarmee hij zich omgaf. Denk nog eens terug aan al dat moois, dat wij hebben gezien in zijn huis aan de Churchilllaan. En vergeet niet, dat ook zijn ex-vrouw zich na de scheiding nog wel het een en ander kan permitteren. Charlotte Overdinkel kan nog steeds beschikken over een eigen wagen met particulier chauffeur.'
'Jij gaat er van uit, dat Emile van den Aerdenburg zijn vermogen langs frauduleuze paden heeft opgebouwd?'
Vledder knikte heftig.
'Dat moet toch? Wie kan er in Nederland met ons huidig belastingstelsel nog op legale wijze rijk worden? Het feit, dat Van den Aerdenburg geen enkele boekhouding voerde, wijst toch duidelijk in die richting.'
De Cock reageerde niet. Hij overdacht wat zijn jonge collega te berde had gebracht. Het kon hem nog niet tot juichtonen verlokken.
Vledder trok een bedenkelijk gezicht.

'Weet je waarmee ik nog wat moeite heb?'
'Nou?'
'Een moordende vrouw op een motorfiets.'
De oude rechercheur schudde zijn hoofd.
'Ik ken uit mijn jeugd al vrouwen, die het ronkend motorgeweld op twee wielen in toom hielden. Ze vormden wel uitzonderingen, maar ze waren er toch. En tegenwoordig? We hebben al motorrijdsters bij onze eigen Amsterdamse politie. Bovendien, in het woelige stadsverkeer is de motorfiets een handig en snel vervoermiddel... ook voor een moordenaar... moordenares.'
Vledder keek hem peinzend aan.
'Zou de jonge motorrijder, die Arend Harredijke al eens vanaf zijn woning in Amstelveen naar de binnenstad van Amsterdam volgde, ook een motorrijdster zijn geweest?'
De Cock lachte.
'Dat is heel goed mogelijk. Persoonlijk heb ik de grootste moeite om van enige afstand jonge mannen van jonge vrouwen te onderscheiden. Kleding en haardracht zijn vaak dezelfde. In het leer en met een helm op het hoofd lijkt mij het onderscheid nog moeilijker.'
Vledder trok opnieuw rimpels in zijn voorhoofd.
'Bezit Marianne Olthoven een motorfiets... kan zij met zo'n apparaat overweg?'
De Cock keek zijn jonge collega bewonderend aan.
'Je bent wel op dreef,' sprak hij waarderend. 'Dat is een hele goede vraag... het onderzoeken waard.' Hij stond op. Rond zijn brede mond dartelde een glimlach. 'Ik bedenk ineens: *mens sana non potest vivere in corpore sicco.'*
Vledder gniffelde.
'Dat heb ik meer gehoord. Het is Latijn. Maar ik ken de betekenis niet meer.'
De Cock beende naar de kapstok.
'Een gezonde ziel kan niet leven in een droog lichaam.'
Vledder liep hem stralend na.
'Ik weet het. We gaan naar Smalle Lowietje.'

Ze stapten van het oude politiebureau door de Warmoesstraat naar de Lange Niezel. Het was er druk. Groepjes mensen verdrongen zich voor de etalages van de seksshops. Voor de sekstheaters en de peepshow stond men in de rij. Mannen spraken luidruchtig in vele talen.

Vrouwen met donkere ogen onder luifeltjes van kleurrijke hoofddoeken giechelden gedempt. Een dronken sloeber zocht zich botsend een weg naar een volgend café.
Ook de oude walletjes waren in vol bedrijf. Het regende niet meer en de wind was gaan liggen. Het tamelijk zachte weer had de mensen uit hun huizen gelokt. Een lange stoet behoeftigen sjokte begerig langs schaars geklede hoertjes, belicht in barmhartig roze. Hun veelal naakte ruggen werden door felbrandende straalkacheltjes warm gehouden.
De Cock stapte naast Vledder voort. Rustig, in zijn typische slenterpas. Zijn gang, de wat waggelende tred, was een erfelijk residu uit een lange reeks generaties van Urker vissers, die staande op de achterplecht met de zware helmstok tussen de enkels hun wankele houten bottertjes bestuurden.
De oude rechercheur keek om zich heen. Hij kende het bonte beeld van de Amsterdamse binnenstad op elk uur van de dag. Het was zijn entourage... de plek waar hij al meer dan een kwart eeuw de misdaad bestreed.
Hoewel zijn gezicht vrijwel geen emoties verried, werkten zijn grijze hersencellen koortsachtig. Korte impressies, flarden van gesprekken, uitlatingen, opmerkingen... ze dwaalden in zijn geest rond... zochten een plaats in het duistere stramien van moord.
Hij blikte opzij.
'Vergeet niet met de politie in Amstelveen te bellen. Ik wil een afschrift van hun proces-verbaal plus een foto van het geschonden colbert. Verder moet je hen er op attenderen, dat zij de kogels en patroonhulzen, die mogelijk na de moordaanslag op Arend Harredijke voor zijn woning op straat zijn gevonden, ter vergelijking naar het gerechtelijk laboratorium in Den Haag sturen.'
Vledder knikte.
'Dat komt dik in orde. Ik bel daar morgen wel even over. Dat andere spul, ik bedoel van Van den Aerdenburg heb ik al verzonden.'
'Mooi.'
De jonge rechercheur grijnsde breed.
'Heeft meneer nog andere wensen?'
De Cock krabde zich achter in zijn nek.
'Probeer eens na te gaan of die Van den Aerdenburg zijn vermogen erfde of dat hij naakt werd geboren.'
Vledder gniffelde.

'We worden allen naakt geboren.'
De Cock knikte instemmend.
'Maar er zijn er bij die meteen al een zilveren lepel in hun mond hebben.'
Vledder keek hem niet begrijpend aan.
'Zilveren lepel?'
'Ja, zo noemt men dat wanneer iemand van adellijke of zeer gefortuneerde afkomst is.'
De jonge rechercheur keek hem van terzijde gnuivend aan.
'Jij... was er voor jou een zilveren lepel?'
De Cock schudde triest zijn hoofd.
'Mijn vader was zo arm als de mieren en mijn moeder mogelijk nog armer. Voor mij geen zilveren lepels, maar wel... twee volle... bloedwarme tepels.'
Vrolijk lachend schoven de beide rechercheurs achter elkaar het café van Smalle Lowietje binnen.

Lowietje, wegens zijn geringe borstomvang in het woelige wereldje van de penoze meest Smalle Lowietje genoemd, wreef zijn kleine handjes langs zijn morsig vest en begroette de oude rechercheur met glinsterende ogen.
'Welkom, welkom,' kirde hij uitbundig. 'Welkom in mijn nederig etablissement. Het is niet te geloven. De grote speurder heeft zich een momentje vrij gemaakt.' Hij hield zijn sproeterig muizesmoeltje een beetje scheef. 'Kon het er af? Of moest je eerst aan de commissaris een uitgebreid verzoek in zevenvoud indienen?'
De Cock lachte hartelijk.
'Lowie,' sprak hij hoofdschuddend, 'er is in de hele wereld geen commissaris en zelfs geen minister van Justitie, die mij uit jouw etablissement houdt.' Hij schuifelde naar het einde van de bar en hees zijn negentig kilo op een kruk. Het was zijn vaste stek. Hij wist hoe licht ontvlambaar de gemoederen in de buurt waren. Vanaf die plaats had hij een goed overzicht, voor alle eventualiteiten.
Vledder nam lenig naast hem plaats. Hij voelde zich steeds meer thuis in het schemerige, intieme lokaaltje van Smalle Lowietje, waar meisjes van de vlakte verpozing en vergetelheid zochten achter een pittig likeurtje of een citroentje met suiker.
De tengere caféhouder keek naar de oude rechercheur op. Zijn vriendelijke smoeltje glom van genegenheid.

'Hetzelfde recept?'
De Cock antwoordde niet. Hij wist, dat dit niet van hem werd verwacht. De vraag vormde slechts een inleiding... een inleiding tot een bijna sacraal gebeuren. Vergenoegd keek hij toe hoe Smalle Lowietje aalglad onder de tapkast dook en te voorschijn kwam met een fles pure Franse cognac 'Napoleon', die de caféhouder speciaal voor hem gereserveerd hield.
De grijze speurder keek hem bezorgd aan.
'Dat is toch niet je laatste?'
Lowietje schudde zijn hoofd.
'Gelukkig niet. Ik heb bij mijn leverancier nog een paar zalige flesjes weten te bemachtigen.' Hij streelde het etiket. 'Alleen voor liefhebbers... echte liefhebbers.'
Hij zette diepbolle glazen op de bar en schonk behoedzaam in.
De Cock genoot van de koesterende toewijding waarmee de caféhouder hem bediende. De schaarse momenten die de misdaad hem vergunde, bij Smalle Lowietje door te brengen, probeerde hij in zijn herinnering vast te leggen. Hij nam het glas op, schommelde het zachtjes in zijn hand en snoof. Op zijn breed gezicht vol groeven verscheen een glans van opperste verrukking. Met getuite lippen nam hij een slok en liet het vocht genietend door zijn dorstige keel glijden. Even sloot hij zijn beide ogen, toen zette hij het glas omzichtig op de bar terug.
'Lowie,' sprak hij zalvend, 'er zijn van die momenten, dat ik van het leven houd... dit is zo'n moment.'
De caféhouder straalde.
'Hoe is de stand van de misdaad?' vroeg hij belangstellend.
De Cock grijnsde.
'Zeer lonend... wijd verbreid en hoog genoteerd.'
Lowie lachte.
'Bijzondere gevallen?'
De Cock keek hem een paar seconden nadenkend aan. Daarna wreef hij zich achter in zijn nek. 'Lowie,' sprak hij traag, 'ik ben met een vreemde zaak bezig.'
'Moord?'
De grijze speurder knikte.
'Moord en een moordaanslag,' sprak hij somber. 'En dat na een serie dreigbrieven.'
Smalle Lowietje trok een vies gezicht.

'Dreigbrieven en toch een moord en moordaanslag?' In zijn stem klonk ongeloof. 'Dat is toch niet gewoon.'
De oude rechercheur glimlachte vermoeid.
'Je hebt gelijk... dreig- en chantagebrieven dienen gewoonlijk om iemand leeg te plukken.'
De caféhouder knikte instemmend.
'En het is stom om een kip met gouden eieren te slachten.'
Hij zweeg even. 'Ken ik ze?'
'De slachtoffers?'
'Ja.'
De Cock schoof zijn onderlip vooruit.
'De moordaanslag werd gepleegd op een journalist, die... voor zover ik dat kan bezien... niet zo gefortuneerd is. De man op wie de aanslag wel lukte, is een soort textielkoning.'
'Uit Amsterdam?'
'Inderdaad... ene Emile van den Aerdenburg.'
Smalle Lowietje keek hem getroffen aan.
'De landheer,' riep hij verrast.
De Cock trok zijn wenkbrauwen samen.
'De landheer?' herhaalde hij vragend.
De Smalle knikte nadrukkelijk.
'Zo werd hij genoemd.'
'Ken je hem? Ik bedoel, heb je hem gekend?'
De tengere caféhouder maakte een onverschillig gebaartje. 'Wat heet 'kennen'? Een enkele keer kwam hij wel eens in de buurt. Zijn compagnon had hier op de wallen een jong hoertje zitten, die bereid was om aan zijn... eh, zijn wensen te voldoen.'
'Compagnon?'
Smalle Lowietje lachte.
'Vieze Sjaak... zo noemde dat hoertje hem. Voluit heette hij: Jacques van Ieperen.' Er kronkelde een rimpel boven de rug van zijn neus. 'Nu ik er over denk... ik heb hem al maanden niet meer in de buurt gezien. Ook dat hoertje is van de vlakte verdwenen.'
'En Emile van den Aerdenburg?'
De caféhouder spreidde zijn kleine handjes.
'En sinds vieze Sjaak niet meer komt, heb ik ook de landheer niet meer zien opdagen. Vroeger kwam hij nog wel eens bij mij hier in de zaak.' Op het muizesmoeltje kwam een glans van bewondering. 'Volgens mij was die vent 'heel' groot.'

'Hoe bedoel je dat?'
'Een man, die indruk maakte... die ook wel wat te verteren had. Een 'big-spender' heet dat in Amerika.'
'Waarom werd hij 'de landheer' genoemd?'
Smalle Lowietje grijnsde.
'Volgens verhalen die hier de ronde deden, had hij ergens op de Veluwe een groot landhuis. Na wervelende modeshows met schone exotische mannequins werden er... zo werd verteld... woeste feesten gehouden.'

10

De Cock rekte zich uit. De grillige accolades rond zijn mond dansten vrolijk.
'Ik heb eindelijk weer eens goed geslapen. Die paar cognackies bij Smalle Lowietje hebben mijn oude botten goed gedaan.'
Vledder reageerde niet. Hij keek van zijn aantekeningen op. 'Het klopt,' sprak hij tevreden.
'Wat?'
'Ene Jacques van Ieperen was compagnon van Emile van den Aerdenburg. Ze waren beiden verenigd in een Besloten Vennootschap... de BV Textiel-Extern gevestigd aan de Keizersgracht 1119 in Amsterdam. Volgens de Kamer van Koophandel bestaat die BV al vijftien jaar.'
De Cock grijnsde.
'Dan was Smalle Lowietje,' sprak hij gniffelend, 'weer eens goed geïnformeerd.'
'Zou hij dat jonge hoertje van die Van Ieperen nog kunnen achterhalen?'
De Cock knikte traag.
'Daarvan ben ik overtuigd. Al weet je natuurlijk nooit hoe lang zoiets gaat duren.'
Vledder reageerde geprikkeld.
'Hebben we daar zelf geen administratie van... of de zedenpolitie?'
De Cock schudde zijn hoofd.
'Vroeger wel. Toen zaten de prostituées ook jaren op dezelfde stek, wist je waar je ze kon vinden. Bovendien hielden we hier aan de Warmoesstraat nauwgezet de doopceel bij van alle meisjes van de vlakte... onze hoerenbak, compleet met foto.' Hij grinnikte vreugdeloos. 'Tot het woord 'privacy' in zwang kwam... toen mocht het niet meer. Dat bijhouden is tegenwoordig niet meer te doen. Die hoerenpandjes zijn net duiventillen. Ook de zedenpolitie heeft er geen vat meer op. Vooral die jonge meiden verkassen bijna per dag.'
Vledder keek hem peinzend aan.
'Weet je wat ik vreemd vind.'
'Nou?'
'Dat die Jacques van Ieperen zich nog niet bij ons heeft gemeld. Hij zal inmiddels toch wel op de hoogte zijn van de dood van Emile van

den Aerdenburg... de gewelddadige wijze waarop hij werd omgebracht. Men zou allicht verwachten, dat hij in ons onderzoek is geïnteresseerd.'

De Cock streek met gespreide vingers door zijn haar.

'Ik vind het achteraf ook onbegrijpelijk, dat noch Marianne Olthoven, de huidige weduwe, noch Charlotte Overdinkel, zijn ex-vrouw, over een compagnon van Van den Aerdenburg hebben gesproken.'

Vledder lachte.

'Misschien wisten de beide vrouwen van het bestaan van die Van Ieperen niet af?'

De Cock keek hem ongelovig aan.

'Terwijl een volkomen buitenstaander als Smalle Lowietje dat wel weet?' Hij schudde zijn hoofd. 'Het lijkt mij aannemelijker, dat beiden de existentie van 'vieze Sjaak' negeerden.'

'Waarom?'

De Cock streek langzaam met zijn pink over de rug van zijn neus.

'Als compagnon,' sprak hij bedachtzaam, 'kan Van Ieperen op de hoogte zijn van zaken, die men voor ons liever verborgen houdt.'

'Zoals?'

De Cock maakte een hulpeloos gebaartje.

'Vul maar in. Dat kan van alles zijn.' Hij kneep zijn ogen half dicht.

'Zou Arend Harredijke de compagnon van Van den Aerdenburg kennen?'

Vledder knikte.

'Dat mogen we aannemen. Als Harredijke op uitnodiging van Van den Aerdenburg een feestje bezocht, dan zal daar ook compagnon Van Ieperen aanwezig zijn geweest.'

De Cock bonsde een paar maal met zijn vuist op het blad van zijn bureau. 'Het stinkt,' riep hij geprikkeld. 'Ik heb het gevoel, dat we op het deksel van een beerput zitten.' Hij keek op. 'Heb je zijn adres?'

'Van wie?'

'Jacques van Ieperen.'

Vledder boog zich over zijn aantekeningen.

'Prins Bernhardlaan 73 in Baarn.'

De Cock bracht even zijn beide handen voor zijn gezicht. 'Baarn,' riep hij ontsteld. 'Uitgerekend in Baarn. Waarom gaat zo'n man in Baarn wonen? Ik moet er niet aan denken, dat de politie van Baarn

ons ziet. Beslist... ze schieten op ons*.'
Vledder stond lachend op en liep naar de kapstok.
'Gaan we... of gaan we niet?'
De Cock staarde strak voor zich uit. Maar al na enkele seconden vergleed zijn breed gezicht tot een glimlach.
'We gaan.'

Ze reden in hun oude politie-Volkswagen met een rustig gangetje over de A1. Bij de afslag Eembrugge-Baarn verlieten ze de snelweg. Bij de T-kruising gingen ze rechtsaf en reden Baarn binnen.
Vledder, aan het stuur, ginnegapte.
'Om herkenning tegen te gaan, hadden we wel een stel bivakmutsen kunnen meenemen.'
'Je overdrijft.'
'Onze onderzoeken hebben al zo dikwijls naar Baarn geleid, dat ik langzaam begin te geloven, dat het een misdadig dorp is.'
De Cock schudde zijn hoofd.
'Dat is een verkeerde conclusie. Op een enkele uitzondering na, wonen hier keurige mensen. En volgens mij mag je het geen dorp noemen. Baarn kreeg al in 1130 stadsrechten.'
'Weet je waar wij moeten zijn?'
De Cock wees voor zich uit.
'Straks na de spoorwegovergang onmiddellijk rechtsaf. Dan ben je in de Prinses Marielaan. Even voorbij het kantoor van de uitgeverij 'De Fontein' sla je linksaf.'
'Je bent goed op de hoogte.'
De Cock knikte traag voor zich uit.
'Ik kwam hier nog wel eens... incognito. De directeur van die uitgeverij is een goede kennis van mij.'
'Een crimineel?'
De Cock keek verrast opzij.
'Hoe kom je daarbij?'
Vledder maakte een verontschuldigend gebaartje.
'Al jouw kennissen zijn min of meer crimineel. Denk maar eens aan Handige Henkie... Smalle Lowietje... Peter Karstens... ik noem er maar een paar.'

* Vledder en De Cock hebben in het verleden een paar maal strubbelingen met de Baarnse politie gehad.

Een moment leek het erop, dat De Cock heftig zou protesteren, maar de grijze speurder bedacht zich snel en onthield zich van commentaar.
Met de glans van een zoete glimlach om zijn lippen reed Vledder de Prins Bernhardlaan in. Een tiental meters voor een zijlaan parkeerde de jonge rechercheur de Volkswagen aan de kant van de rijbaan, schuin op de wortels van een eerbiedwaardige eik. Ze stapten wat verkreukeld uit en slenterden terug de laan in.
Nummer 73 bleek een statige villa, gebouwd in de stijl van de jaren dertig. Groot, breed, imposant, met een ver overhangend rieten dak. Het grind knarste onder de voeten van de rechercheurs toen ze de oprijlaan betraden. Voor de glimmende bruingelakte toegangsdeur bleven ze staan. De Cock belde aan.
Na ruim een minuut werd de deur geopend door een statige, al grijzende dame. Ze droeg een lange, hooggesloten diepzwarte japon waarop, even onder de hals, een fraaie zilveren broche in de vorm van een hart.
De oude rechercheur keek haar scherp en onderzoekend aan. Ondanks het grijzende haar, schatte hij haar niet ouder dan half in de veertig. Haar kleding, houding en verschijning deden hem denken aan een van zijn stugge, streng calvinistische oudtantes van moeders zijde.
'Mevrouw Van Ieperen?' vroeg hij met een zweem van ongeloof in zijn stem.
De dame strekte haar nek.
'Dat ben ik.'
De grijze speurder nam beleefd zijn oude hoedje af en bracht haar een hoofse buiging. 'Mijn naam is De Cock. De Cock met ceeooceekaa.' Zonder zijn blik ook maar even van haar af te wenden, wees hij opzij. 'Dat is mijn jonge collega Vledder. Wij zijn rechercheurs van politie uit Amsterdam, bureau Warmoesstraat.'
Ze trok haar wenkbrauwen iets op.
'Rechercheurs?'
'Inderdaad.'
'Waarmee kan ik u van dienst zijn?'
'Wij willen graag een onderhoud met de heer Van Ieperen.'
'Die is er niet.'
De Cock glimlachte.
'Weet u waar hij te bereiken is?'

'Nee.'
Ze sprak afgebeten.
De Cock acteerde als een verlegen man. Hij draaide wat nerveus met zijn vilten hoedje in zijn hand. 'Wij... eh, wij zijn belast,' sprak hij voorzichtig, 'met het onderzoek naar de gewelddadige dood van de heer Emile van den Aerdenburg... zo wij hebben begrepen... de compagnon van uw man. Wij zoeken motieven, achtergronden... misschien kunt *u* ons daarbij behulpzaam zijn?'
Mevrouw Van Ieperen klemde haar lippen op elkaar.
'Ik weet niets van mijn man zijn zaken af.' Haar blauwe ogen flikkerden kwaadaardig. 'En ik wil er ook niets van weten.'
'U zoudt ons kunnen informeren over zijn privé-leven... zijn vrienden- en kennissenkring?'
'Daar hebt u niets mee te maken.'
De Cock glimlachte opnieuw. Beminnelijk. Intussen zocht zijn geest koortsachtig naar een opening om door de starre houding van de vrouw heen te breken.
'Nu... eh, nu de heer Van den Aerdenburg,' sprak hij traag, somber, 'door wrede moordenaarshand is geveld, achten wij de mogelijkheid zeker niet uitgesloten, dat... eh, dat ook het leven van uw... eh, uw echtgenoot... de heer Van Ieperen, gevaar loopt.' Hij vond zijn optreden en taalgebruik wat theatraal, maar hoopte, dat het effect had.
Mevrouw Van Ieperen keek de grijze speurder schattend aan. Trage seconden verliepen voor ze haar besluit had genomen. 'Komt u maar mee,' sprak ze zich omdraaiend.
Met een onderdrukte zucht van verlichting sjokte De Cock achter haar aan.
Vledder deed de deur achter zich dicht en volgde.
Mevrouw Van Ieperen leidde de beide rechercheurs naar een ruim, hoog studeervertrek met wanden vol boeken en vier comfortabele lederen fauteuils. Ze wuifde er uitnodigend naar en nam zelf plaats, stijf, haar knieën tegen elkaar.
De Cock legde zijn hoedje naast zich op het eiken parket. 'U moet beseffen,' opende hij vriendelijk, 'dat het niet in onze bedoeling ligt om u ongerust te maken. We trachten alleen klaarheid te brengen in...'
Mevrouw Van Ieperen onderbrak abrupt.
'Ik-ben-ongerust,' sprak ze verbeten. 'Toen mijn man van de moord

op Emile van den Aerdenburg hoorde, heeft hij met een klein valies het huis verlaten en ik heb hem sindsdien niet meer teruggezien.'
De Cock keek haar bezorgd aan.
'En heeft hij ook geen contact meer met u opgenomen?'
Mevrouw Van Ieperen schudde haar hoofd.
'Ik heb geen flauw vermoeden waar hij is.'
'Heeft uw man nog iets gezegd voor hij wegging... een mogelijk reisdoel?'
Mevrouw Van Ieperen liet haar hoofd iets zakken.
'Hij zei alleen: Ze hebben Emile te grazen genomen. Ik geloof, dat het voor mij beter is, dat ik een poosje uit de buurt blijf.'
'Waarom... waarom was dat beter?'
Mevrouw Van Ieperen trok haar schouders op.
'Dat weet ik niet.' In haar stem trilde wanhoop. 'Ik hou van mijn man... nog steeds. Wij zijn de laatste jaren wat uit elkaar gegroeid. Dat doet mij pijn. Volgens mij kwam dat door die Emile van den Aerdenburg. Ik ben nooit zo erg gelukkig geweest met dat compagnonschap. Ik vind niet, dat Jacques er zoveel beter van is geworden. Ik bedoel dat niet financieel... het leek wel of alles goud werd wat zij aanraakten... maar moreel, geestelijk.'
'Daarin trad verval?'
'Ja.'
'U zei, dat u niets van de zaken van uw man wist... dat ook niet *wilde* weten... vermoedt u, dat het zaken zijn die het daglicht niet kunnen velen... handelingen, die door de wet strafbaar zijn gesteld?'
De houding van mevrouw Van Ieperen verstarde weer.
'Ze deden in textiel... meer weet ik niet.'
De Cock ging omzichtig verder.
'Was uw man bang toen hij van de moord op Emile van den Aerdenburg hoorde?'
Mevrouw Van Ieperen zuchtte diep.
'Hij heeft zich daarover niet uitgelaten, maar ik ken hem goed genoeg om te weten, dat hij angst had.'
De Cock trok een pijnlijk gezicht.
'Waarom nam hij u niet in vertrouwen? Hij moet toch de grond voor die angst hebben gekend?'
Mevrouw Van Ieperen vouwde haar handen in haar schoot.
'Ik zei u al... we zijn wat uit elkaar gegroeid. Ons huwelijk was

verkild... er was nog maar weinig dialoog... niet meer dan een paar beleefdheidsklanken... goedendag, goedenavond... welterusten.'
De Cock knikte begrijpend.
'En daar nam u genoegen mee?'
Mevrouw Van Ieperen reageerde ineens fel.
'Nee,' riep ze heftig. 'Natuurlijk niet. Ik probeerde in te breken in het wereldje dat hij voor mij gesloten hield. Ik snuffelde in zijn post en op een dag vond ik een brief, die ik hem ter opheldering heb voorgelegd.'
'Wat was dat voor een brief?'
Mevrouw Van Ieperen stond op en liep naar een kleine notehouten secretaire. Ze kwam terug met een brief in haar hand en gaf die aan De Cock. De oude rechercheur opende de enveloppe.
Vledder kwam uit zijn fauteuil. Van over de schouder van de grijze speurder keek hij mee. De Cock voelde zijn adem in zijn nek.
'Het priegelschrift.'

11

De rechercheurs verlieten de villa en sjokten door het grind. Aan het einde van de oprijlaan keek De Cock even om. Mevrouw Van Ieperen stond voor een raam. Haar bleek gezicht en de matte glans van de zilveren broche onder haar hals hadden eenzelfde tint. Van een afstand leek het alsof dat zilveren hart steeds groter werd.
Ze stapten zwijgend in en reden van de Prins Bernhardlaan weg. Ondanks het middaguur was het bijna donker. Vledder deed het grote licht van de Volkswagen aan en vloekte omdat het weer begon te regenen.
'Of er nog geen water genoeg is gevallen,' mopperde hij.
De jonge rechercheur zwaaide boos voor zich uit. 'Het lijkt wel nacht.'
De Cock reageerde niet. Hij liet zich onderuitzakken en dacht na. Het was duidelijk, dat ook Jacques van Ieperen dreigbrieven had ontvangen... dreigbrieven uit dezelfde bron. En hij was er vrijwel van overtuigd, dat Van Ieperen ook van de dreigbrieven die Emile van den Aerdenburg kreeg, op de hoogte was.
De oude rechercheur kon zich voorstellen, dat Jacques van Ieperen zich na het bericht van de moord op zijn compagnon niet prettig had gevoeld. Alles wees op een overhaaste vlucht. Maar een vlucht voor wat? Voor wie? Liep ook zijn leven gevaar?
Het ellendige was, zo vond hij, dat die dreigbrieven zo vaag waren gesteld. In de eerste brieven stond steeds de vraag: *Hoeveel is uw leven u waard*? En dan volgde de aanmoediging om over die vraag eens heel diep na te denken. Eerst in de laatste brief, zowel die aan Emile van den Aerdenburg, als die aan Arend Harredijke stond na de vraag: *Wat is uw leven u waard* de zin: *Noem het bedrag van uw leven binnen een week in een advertentie in het dagblad 'De Grafische Heraut' en onderteken dat met respectievelijk de naam Emile en Arend.*
De grijze speurder trok rimpels in zijn voorhoofd. Zou Jacques van Ieperen ook zo'n laatste brief hebben ontvangen? Eén ding stond vast... briefschrijfster kende de voornaam van beide heren. Zou ze ook de voornaam van Van Ieperen kennen?
Plotseling drukte hij zich met een ruk overeind. Ineens wist hij het... kende hij de tegenstrijdigheid, die hij al een tijdje had voorvoeld. Hij

wist nu wat er niet klopte. De brieven waren geen echte dreigbrieven. Het was geen chantage.
'Het ging niet om geld,' riep hij hardop.
Vledder keek hem verbaasd aan.
'Wat ging niet om geld?' vroeg hij verrast.
De Cock schudde zijn hoofd.
'Die dreigbrieven hadden niet tot doel geld te bemachtigen... de heren geld af te persen. Smalle Lowietje had gelijk... een oude waarheid... men slacht geen kip met gouden eieren.'
Vledder liet even het stuur van de oude Volkswagen los en spreidde zijn beide handen. 'Maar in de dreigbrieven stond toch duidelijk: Noem het bedrag van uw leven?'
De Cock knikte instemmend.
'Dat stond er... en verder?'
'Wat bedoel je?'
'Wat kwam daarna?'
'... binnen een week in een...'
De Cock onderbrak hem.
'Juist, binnen een week. Maar de moordenares of moordenaar heeft die week nooit afgewacht. Noch Emile van den Aerdenburg, noch Arend Harredijke hebben kans gehad om op die brief in een advertentie in De Grafische Heraut te reageren.'
De mond van Vledder viel open.
'Je hebt gelijk... beiden werden de dag na de ontvangst van de brief al neergeschoten.'
De Cock grijnsde.
'Het bedrag van hun leven liet de moordenaar of moordenares blijkbaar Siberisch. Hij of zij vond het niet nodig om die advertentie af te wachten.'
Vledder zweeg even. Nadenkend.
'Wat hadden die brieven dan voor zin?'
De Cock glimlachte geheimzinnig.
'Volgens mij is het heel schrander bedacht. Zowel Emile van den Aerdenburg als Arend Harredijke moet zich na de ontvangst van die laatste brief min of meer veilig hebben gevoeld. Immers, ze hadden nog een volle week om te reageren? Zij zullen beslist hebben gemeend, dat zij in die tijd van de moordenaar of moordenares niets hadden te duchten. Zij waren dus vanaf dat moment minder voorzichtig... minder waakzaam... minder alert. Ik neem ook aan, dat

die week speling of ruimte, die de bedreiger hen blijkbaar gaf, voor beiden aanleiding is geweest om bij ons aangifte te doen.'
'Je bent goed op dreef,' sprak Vledder simpel. 'Heel goed zelfs. Ik vond ook, dat je die mevrouw Van Ieperen vanmorgen keurig aan de praat bracht... en hield.'
De grijze speurder grinnikte. De lof, die zijn jonge collega hem toezwaaide, deed hem zichtbaar goed.
'Het brengt ons alleen niet veel verder,' sprak hij spijtig. 'Niet veel verder dan de constatering, dat hebzucht vermoedelijk niet het motief is.'
Vledder grijnsde.
'Je vergeet onze Marianne Olthoven... voor haar blijft het motief hebzucht nog kaarsrecht overeind... de moord op Emile van den Aerdenburg maakte haar in drie schoten schatrijk.'
De Cock draaide zich half naar hem toe.
'Jouw blik blijft op Marianne Olthoven gericht?'
'Zeker.'
De Cock bracht zijn wijsvinger naar zijn neus.
'Dan heb ik voor jou een intrigerende vraag... waarom moest zij dan diezelfde avond nog in Amstelveen op Arend Harrecinke schieten?'
De jonge rechercheur zweeg. Zijn hersenen zochten naar een antwoord. Ook De Cock verzonk in gepeins.
Na Muiden en Maxis reden ze via Diemen en de Hartveldseweg Amsterdam binnen. Op de Middenweg bij Betondorp veerde De Cock even op en keek rechts naar het Ajax-stadion. Daarna liet hij zich weer terugzakken.
Na een moeizame rit over een half opengebroken Linnaeusstraat, langs de Muiderpoort en de Plantage Middenlaan, bereikten ze na vele opstoppingen uiteindelijk de Prins Hendrikkade en reden vandaar het Damrak op. Vledder parkeerde de Volkswagen op de houten steiger achter het bureau. Wat verkreukeld stapten ze uit en slenterden loom naar de Warmoesstraat.
In de hal van het politiebureau riep Jan Kusters hen naar de balie. De wachtcommandant greep naar een notitie op zijn bureau. 'Ben Kreuger van de dactyloscopische dienst heeft gebeld. Jullie waren er weer eens niet.'
Het klonk kribbig.
De Cock grijnsde.
'Er bestaat een oude recherchekreet: de vis wordt op zee gevangen.'

Hij wees omhoog. 'Als ik daar boven op mijn stoel achter mijn bureau blijf zitten, los ik nooit een zaak op.'
Jan Kusters keek hem onbewogen aan.
'Of je Kreuger even terugbelt.'
De Cock gaf Vledder een wenk.
De jonge rechercheur wipte lenig over de balie, greep een telefoon en draaide een nummer.
De Cock keek onderwijl belangstellend toe hoe twee jonge dienders een zich hevig verzettende verslaafde vrouw binnenbrachten. Slierten nat haar hingen voor haar gezicht. Ze krijste. 'Blijf van mijn lijf... ik heb AIDS. Blijf van mijn lijf... ik heb...'
Vledder legde de hoorn neer en blikte verward naar De Cock op. De oude rechercheur fronste zijn wenkbrauwen.
'Wat is er?'
Vledder wipte over de balie terug.
'Ben Kreuger heeft het wel drie keer gecontroleerd... in het hele kantoor van Emile van den Aerdenburg aan de Keizersgracht heeft hij geen enkel vingertje... zelfs geen fragmentje van Sonja van Poeldijk kunnen vinden.'

De Cock wierp met een driftig gebaar zijn oude hoedje naar de kapstok. Daarna worstelde hij zich uit zijn regenjas.
'Dat kan niet,' riep hij kwaad. 'Dat kan niet. Sonja van Poeldijk heeft... al waren dat slechts enkele uren per dag... toch enkele maanden op dat kantoor gewerkt... was daar... heeft toch niet voortdurend haar handschoentjes aan gehad?'
Zijn stem droop van sarcasme.
Vledder maakte een verontschuldigend gebaartje.
'Ben Kreuger zegt, dat er geen vingertjes van haar aanwezig waren.' Hij zuchtte diep. 'Wat weet ik er verder van. Ik ben geen dactyloscoop.'
De Cock keek hem snuivend aan.
'Was het kantoor pas schoongemaakt?' brieste hij.
Vledder schudde zijn hoofd.
'Kreuger zegt, dat er wel vingerafdrukken van Emile van den Aerdenburg waren. En verder nog een reeks van vingerafdrukken en fragmentjes, die hij nog niet heeft kunnen identificeren.'
De Cock liet zich in zijn stoel achter zijn bureau zakken. Zijn gezicht had nog steeds de expressie van een donderwolk kort voor de ontla-

ding. Hij klapte een paar maal driftig met zijn vlakke hand op het blad van zijn bureau. 'Als er in dat kantoor aan de Keizersgracht,' sprak hij met nadruk, 'vingerafdrukken van andere mensen zijn gevonden, dan moeten er ook vingerafdrukken van Sonja van Poeldijk zijn.'

Vledder wuifde wild naar de telefoon. 'Bel Kreuger zelf,' riep hij geprikkeld. 'Je moet tegen mij niet foeteren.'

De Cock leunde in zijn stoel achterover en wreef nadenkend over zijn kin. Na enige tijd kneep hij zijn ogen even stijf dicht en schudde zijn grijze hoofd. 'Ik... eh, ik ben een oude dwaas,' sprak hij milder. 'Ik ken Ben Kreuger. Ik ken hem al jaren. Ben is een oude rot in het vak. Als Ben Kreuger zegt, dat er in dat kantoor geen vingerafdrukken van Sonja van Poeldijk zijn... dan zijn ze er ook niet.'

Hij liet zijn hoofd iets zakken. 'Ik had alleen even moeite om het te aanvaarden.'

'Waarom?'

De Cock keek op. De woede was uit zijn gezicht verdwenen. Om zijn mond gleed een trieste glimlach. 'Ik heb haar geloofd. Volledig. Ik nam zonder meer aan, dat zij de waarheid sprak. Ik had ook geen enkele reden om haar te wantrouwen. Het was alles heel geloofwaardig wat ze vertelde... over haar werk, de textiel, de confectie... over Van den Aerdenburg en zijn vele reizen naar exotische landen.' Hij plukte met duim en wijsvinger aan zijn onderlip. 'Ik had misschien haar flauwvallen op de stoep beter moeten inschatten.'

In zijn stem klonk zelfverwijt.

Vledder keek hem peinzend aan.

'Maar wat zij aan jou vertelde is toch waar? Het klopt toch? Emile van den Aerdenburg en zijn compagnon handelden in textiel... wij weten dat uit diverse bronnen. Emile van den Aerdenburg maakte vele reizen... liet zijn confectie in het buitenland fabriceren.'

De Cock greep vertwijfeld naar zijn hoofd.

'Maar ze heeft niet op dat kantoor aan de Keizersgracht gewerkt. Als ze er had gewerkt, dan had Ben Kreuger ook haar vingertjes moeten vinden.'

Vledder grinnikte vreugdeloos.

'Maar hoe kende ze al die bijzonderheden over Emile van den Aerdenburg... zijn handel en wandel? Ik bedoel, als ze er niet werkte?'

'En hoe kwam ze aan een sleutel?'

Ze zwegen beiden.

De Cock steunde met zijn ellebogen op zijn bureau en liet zijn hoofd in het kommetje van zijn handen rusten. Deze nieuwe ontwikkeling had hem totaal verrast. Hij had geen moment aan de verklaring van Sonja van Poeldijk getwijfeld. Een aardig, lief, knap en zeer openhartig kantoormeisje... met een leuke deeltijdbaan... wat is daar voor verdachts aan?
Maar ze had hem belogen... hem om de tuin geleid. En als een soort eerstejaars-rechercheurtje had hij haar onvoorwaardelijk geloofd. Hij voelde opnieuw een lichte woede in zich bruisen.
Wat deed Sonja van Poeldijk daar op de Keizersgracht... op de blauwstenen stoep van het kantoor... een sleutel in haar hand... om half drie... de middag na de moord op Emile van den Aerdenburg? Wat waren haar plannen? Zocht ze iets? Wat? Had iemand haar gestuurd? Of opereerde ze zelfstandig? Wist zij op dat moment al van de moord? Zo ja, was dat flauwvallen van haar dan een pose... een stunt om tijdwinst?
De vragen stormden wervelend op hem af. Vertwijfeld probeerden zijn hersenen haar te plaatsen... onder te brengen in het geheel van de verwikkelingen. Het lukte hem niet. Sonja van Poeldijk bleef een geheimzinnig, ongrijpbaar schepsel... aan wie hij geen rol in het spel van bedreiging en moord kon toebedelen.
Vledder verbrak het stilzwijgen.
'Ze moet Emile van den Aerdenburg persoonlijk hebben gekend,' sprak hij peinzend. 'Ze was in ieder geval heel goed geïnformeerd.'
De Cock knikte. 'Dat was ze,' sprak hij somber. 'Zo goed, dat ze alle twijfels bij mij wegnam.'
Vledder lachte. 'Wroeging?'
De Cock wuifde het weg.
'Niet meer.' Hij grinnikte. 'Het was toch wel even alsof ik een klap in mijn nek kreeg.'
Vledder keek hem nadenkend aan. 'Ik vraag mij af... zou die compagnon, Jacques van Ieperen haar kennen...'
De Cock negeerde de vragen. Hij staarde voor zich uit.
'Ik heb zo'n vaag gevoel,' sprak hij triest, 'dat we nog heel ver van de oplossing zijn verwijderd.'
De ogen van Vledder werden groot.
'Weet je wie ze ook kan zijn?'
'Nou?'
'De vrouw op de motorfiets.'

12

'Zullen we haar arresteren?'
'Wie?'
'Die Sonja van Poeldijk.'
De Cock boog zich naar voren.
'Wat wil je haar ten laste leggen?' vroeg hij met een smalend lachje. 'Van welk strafbaar feit wil je haar beschuldigen?'
'Ze heeft aan jou een verkeerde voorstelling van zaken gegeven.'
De Cock grijnsde.
'Dat is niet strafbaar. Dat doet men zelfs in regeringskringen.'
Vledder keek hem ongelovig aan.
'Wil je dan helemaal niets tegen haar ondernemen?'
De Cock knikte traag.
'Ik heb in mijn achterhoofd wel een aantal vragen, die ik haar graag zou willen stellen.' Hij kauwde even op zijn onderlip. 'Maar dan wil ik dit keer toch wel goed beslagen ten ijs komen.'
'Hoe bedoel je?'
De Cock wees naar de telefoon.
'Vraag eens bij de Provinciale Griffie of zij in het bezit is van een rijbewijs A; dat is het besturen van een motorrijtuig op twee wielen. En informeer ook eens bij de Rijksdienst voor het Wegverkeer of zij mogelijk in het bezit is van zo'n voertuig.' Hij zweeg even en keek Vledder vragend aan. 'Heb je dat al gedaan ten aanzien van Marianne Olthoven?'
De jonge rechercheur boog beschaamd zijn hoofd.
'Nee.'
Het klonk benepen.
De Cock grinnikte.
'En ik meende nog wel,' sprak hij zacht spottend, 'dat zij bij jou heel hoog op het verdachtenlijstje stond?'
Vledder wreef over zijn gezicht. De hoon van zijn oude collega deed hem pijn. 'Ik... eh, ik heb aan die mogelijkheid nog niet gedacht,' antwoordde hij eerlijk. 'Maar ik zal het onmiddellijk doen.' Hij pakte de interne telefoongids en greep de hoorn van het toestel.
Er werd bescheiden op de deur van de recherchekamer geklopt. De Cock riep luid: 'Binnen.' De deur ging langzaam open. Tot zijn niet geringe verwondering zag hij in de deuropening Smalle Lowietje

staan. De grijze speurder wist, dat de caféhouder zich niet graag op het politiebureau vertoonde... bang om voor 'verklikker' te worden aangezien.
De Cock stond onmiddellijk van zijn stoel op en liep op de tengere caféhouder toe. 'Lowie,' riep hij blij, 'wat een verrassing.' Hij leidde hem naar de stoel naast zijn bureau. 'Kom even zitten.'
Smalle Lowietje nam plaats. Hij zag er potsierlijk uit.
De regenjas die hij droeg, was zeker vier maten te groot, waardoor hij nog smaller en ieler leek dan normaal. Hij wuifde onzeker achter zich.
'Ik heb niet veel tijd. Ik ben er gauw even tussenuit gewipt. Er staat een vervanger achter de tap. Die moet je nooit te lang alleen laten.'
'Waarom niet?'
De caféhouder grijnsde.
'Dan gaat-ie jatten.'
De Cock snoof.
'Je hebt weinig vertrouwen in je medemens.'
Smalle Lowietje keek naar hem op. Zijn vriendelijk muizesmoeltje stond scheef.
'En dat zeg jij... met je politieziel?'
De oude rechercheur negeerde de opmerking.
'Het is jaren geleden, dat je hier aan de Kit was. Het moeten wel dringende zaken zijn, die jou uit je etablissement hebben gelokt.'
Smalle Lowietje trok zijn magere schouders op.
'Ik wil je helpen... zo simpel is dat.'
De Cock glimlachte vertederd.
'Ik wilde, dat alle mensen dat 'zo simpel' vonden.'
De caféhouder knoopte zijn regenjas los en tastte in de binnenzak van zijn colbert. 'Jij wilde toch weten waar dat jonge hoertje was gebleven bij wie Vieze Sjaak altijd op bezoek kwam?'
'Ja.'
Smalle Lowietje gaf hem een hoekje van een krant.
'Hier heb je haar naam en adres.'
De Cock nam de notitie aan.
'Christina Beekman,' las hij hardop, 'Waddenland 378 in Duivendrecht.'
De tengere caféhouder knikte.
'Dat is een flatje... heeft Vieze Sjaak voor Blonde Chrissie gekocht.'

'Blonde Chrissie?'
Smalle Lowietje knikte opnieuw.
'Zo wordt ze genoemd... Blonde Chrissie. Een relatie van me heeft dat even voor mij uitgezocht. Hij is nog bezig met dat landhuis op de Veluwe, waar de landheer zijn woeste feesten gaf.' Hij stond op. 'Zo gauw ik wat weet, hoor je van me.'
De Cock begeleidde hem tot aan de deur.
'God zal je lonen,' sprak hij theatraal.
De caféhouder blikte naar hem op.
'Doet hij dat?'
In zijn stem trilde de twijfel.
De Cock lachte.
'Absoluut.'
Toen Smalle Lowietje van de recherchekamer was vertrokken, liep Vledder op de grijze speurder toe. Zijn gezicht stond somber.
De Cock keek hem onderzoekend aan.
'Wat is er?'
De jonge rechercheur duimde over zijn schouder.
'Ik heb gebeld.'
'En?'
Vledder maakte een hulpeloos gebaartje.
Sonja van Poeldijk en Marianne Olthoven... ze hebben geen van beiden een rijbewijs A en op hun naam staat ook geen tweewielig motorrijtuig geregistreerd.'
'En dat betekent?'
Vledder trok zijn schouders iets op.
'Dat... eh, dat vermoedelijk geen van beiden de vrouw is, die op Arend Harredijke schoot.' Op zijn gezicht kwam een smartelijke trek. 'Wij hebben nog nooit zo'n ondoorzichtelijke zaak gehad. Ik snap van deze hele affaire nog geen draad. Marianne Olthoven heeft schietvaardigheid, maar rijdt geen motor. En hoe ik Sonja van Poeldijk moet inpassen, is mij een raadsel.'
De Cock reageerde niet. Hij staarde enige tijd peinzend voor zich uit. Toen liep hij langs Vledder heen naar de kapstok.
De jonge rechercheur schuifelde achter hem aan.
'Waar ga je heen?'
De Cock zette zijn hoedje op zijn stugge grijze haren en draaide zich half om.
'We gaan naar Duivendrecht... naar Blonde Chrissie. Misschien,

dat zij ons kan vertellen waar wij Jacques van Ieperen kunnen vinden.'

Ze reden met hun oude Volkswagen van de houten steiger achter het bureau weg. De regen viel in stromen neer. Ook de wind was weer aangewakkerd.

Vledder zette de ruitewissers aan.

'Wat een weer,' bromde hij. 'Daar wordt een mens gewoon chagrijnig van. Het is aardedonker.'

De Cock knikte.

'Geen wonder. Het is vandaag éénentwintig december... de kortste dag van het jaar. Over een paar dagen hebben we kerstfeest.'

'Zouden we dan nog met deze zaak bezig zijn?'

De Cock trok een bedenkelijk gezicht.

'Ik hoop van niet. Ik ben met die feestdagen het liefst gezellig thuis. Maar voorlopig zie ik nog geen breekpunt. We moeten proberen om zo snel mogelijk die Jacques van Ieperen te vinden. Dat is, volgens mij, de enige kans op een snel succes.' Hij zuchtte. 'Als we hem voldoende onder druk kunnen zetten.'

'Wat verwacht je daarvan?'

De Cock wuifde voor zich uit.

'Als mijn conclusie juist is en het is die dreigbrievenschrijfster in priegelschrift niet om geld te doen... wat blijft er dan over?'

'Hoe bedoel je?'

'Als motief?'

'Wraak... vergelding.'

De Cock knikte instemmend.

'Precies... wraak en vergelding. Maar dat zijn gevoelszaken, die hun oorsprong vinden in gebeurtenissen... gedragingen in het verleden.'

Vledder blikte even opzij.

'Je bedoelt, dat Jacques van Ieperen mogelijk weet wat hij in het verleden, in samenwerking met Emile van den Aerdenburg en Arend Harredijke, heeft gedaan... uitgespookt, waardoor bij iemand die zucht tot wraak en vergelding werd opgeroepen.'

De Cock gebaarde levendig.

'Begrijp je, dan weet Van Ieperen ook uit welke hoek de bedreiging komt... kent hij mogelijk de vrouw met het priegelschrift.' Hij zweeg even nadenkend. 'Ik houd er zelfs ernstig rekening mee, dat

ook Emile van den Aerdenburg wist wie hem bedreigde.'
Vledder trok een strak gezicht.
'Emile van den Aerdenburg zweeg. Hij zei mij, dat hij geen enkel vermoeden had van wie die dreigbrieven afkomstig waren. Ben je niet bang, dat ook Jacques van Ieperen zal zwijgen?'
De Cock schoof zijn onderlip vooruit.
'Vergeet niet, dat er inmiddels het een en ander is gebeurd. Emile van den Aerdenburg vond de dood en op Arend Harredijke werd geschoten. Misschien dat dit voor Jacques van Ieperen aanleiding zal zijn om opening van zaken te geven?'
Een tijdlang reden ze zwijgend verder.
De Cock blikte om zich heen. Zijn breed gezicht stond somber. 'Het is inderdaad hondeweer,' stelde hij vast. 'En dat is nu al dagen zo. Het is bijna net zo slecht als twee dagen geleden.'
Vledder keek hem verschrikt aan.
'Toen iemand heel koelbloedig Emile van den Aerdenburg drie kogels door zijn lijf joeg.'
Ze reden vanaf de brug over de Keulsevaart Duivendrecht binnen. De Rijksstraatweg was goed verlicht. Links las De Cock hardop: 'Klaas van der Vaart, specialist in fijne vleeswaren en kaas.' Een paar honderd meter verder stond rechts een bord 'Waddenland'.
Vledder parkeerde de Volkswagen op de parkeerplaats van het kleine winkelcentrum aan de Telstarweg. De beide rechercheurs stapten uit, trokken de kraag van hun regenjas omhoog en slenterden Waddenland binnen.
Links en rechts stonden een paar vierkante flatgebouwen van bescheiden afmetingen. De Cock lette op de nummering. Bij 378 bleef hij staan.
'Ik geloof, dat we geluk hebben,' sprak hij tevreden. 'Er brandt licht.'
Ze liepen het trappenhuis binnen en stegen naar de tweede verdieping. De Cock belde aan.
Al na enkele seconden werd de deur geopend door een jonge, knappe, hoogblonde vrouw. Ze droeg een strakke, diep uitgesneden zwarte trui, die zichtbare accenten legde bij haar fraai gevormde buste.
De grijze speurder lichtte beleefd zijn hoedje. Onderwijl tastte zijn scherpe blik haar gelaatstrekken af. Ze kwam hem bekend voor.
'Blonde Chrissie?' vroeg hij voorzichtig.

De jonge vrouw keek hem schattend aan. Over haar lief gezicht gleed een glimlach van herkenning.
'Meneer De Cock.'
De oude rechercheur zocht tevergeefs in zijn herinnering.
'Ken je mij?'
Blonde Chrissie knikte nadrukkelijk.
'U hebt mij nog eens een keer geholpen.'
'Waarmee?'
'Weet u dat niet meer?'
De Cock schudde zijn hoofd.
'Het schiet me niet te binnen.'
Blonde Chrissie zwaaide met een losse pols.
'Nou, ik zat op de Wallen en toen kwam er een mannetje en die zei, dat ik hem had bestolen. Zo kwam ik op de Kit bij u terecht. Ik zei, dat het niet waar was. Toen hebt u dat mannetje eens goed onder handen genomen. En toen bleek, dat hij van zijn vrouw geld had meegekregen om een radio te kopen. Nou, dat geld voor die radio had hij aan mij opgemaakt. Toen zat hij in de puree... durfde niet meer naar huis.'
'Een smerig mannetje.'
Blonde Chrissie lachte vrolijk.
'Dat was het. Maar ik heb toen toch wel even in mijn knijperd gezeten. Daarom heb jij bij mij wat krediet.'
'Daar reken ik op.'
Blonde Chrissie keek de oude rechercheur nadenkend aan.
De lach op haar gezicht verdween. 'Hoe... eh, hoe kom je aan mijn adres hier... in Duivendrecht?'
'Heeft iemand in mijn oor gefluisterd.'
'Wie?'
De Cock grinnikte.
'Het was op een moment, dat ik even niet keek.'
Blonde Chrissie kneep haar ogen even dicht. Er kwam weer een lach op haar gezicht. 'Kom binnen,' riep ze uitnodigend. Over de schouder van de oude rechercheur keek ze bewonderend naar Vledder. 'Je hebt een knap gozertje bij je.'
De Cock knikte.
'Die heb ik zelf uitgezocht.'
Blonde Chrissie ging de beide rechercheurs voor naar een gezellig ingericht vertrek, waarin centraal een brede bank, verder een paar

poefs en een reeks intieme schemerlampjes met kappen in oudroze.
'Moeten jullie je natte jassen niet even uitdoen?'
De Cock schudde zijn hoofd.
'Zoveel tijd hebben we niet.'
Blonde Chrissie keek naar hem op.
'Wat kom je feitelijk doen?'
De Cock glimlachte beminnelijk.
'Ik zei het je al... parasiteren op dat krediet, dat ik bij je heb.'
Het gezicht van Blonde Chrissie betrok.
'Zonder dollen, meneer De Cock,' sprak ze bestraffend.
'Waar kom je voor?'
De oude rechercheur keek haar scherp aan.
'Wij zoeken een heer.'
Blonde Chrissie grijnsde breed.
'Een heer... bij mij?'
In haar stem vibreerde ongeloof.
De Cock knikte nadrukkelijk.
'Ene Jacques van Ieperen. Voor jou... als ik goed ben geïnformeerd... Vieze Sjaak.'
Blonde Chrissie liet zich op de brede bank zakken, trok haar knieën naar haar kin en schudde haar hoofd.
'Die is er niet.'
'Hij was hier?'
'Ja.'
'Hoelang?'
'De dag na de moord op de landheer... dat is zijn compagnon... kwam hij hier binnen... met een tandenborstel en een pyjama... meer niet.'
'Hij was gevlucht?'
Blonde Chrissie knikte.
'Hij was bang... dacht bij mij veilig te zijn, omdat hij meende, dat niemand dit adres kende.'
'Hij heeft dit flatje voor je gekocht?'
'Ja, op mijn naam.'
'Waarvoor was hij bang... voor wie?'
Blonde Chrissie trok beschermend haar armen om haar knieën.
'Dat heeft Sjaak mij niet gezegd. Ik denk, dat hij bang was, dat met hem hetzelfde zou gebeuren als met de landheer.'
'Moord?'

'Ja.'
'Waar is hij nu?'
Blonde Chrissie trok haar schouders op.
'Dat weet ik niet.'
De Cock boog zich iets naar haar toe.
'Chrissie... meid,' sprak hij ernstig. 'Geloof me, het is belangrijk. Hij zal jou toch wel gezegd hebben waar hij heen ging?'
Blonde Chrissie schudde haar hoofd.
'Dat heeft Sjaak niet gezegd. En ik zit als meisje al te lang in de business om te weten, dat ik zoiets niet moet vragen.'
De Cock zuchtte wanhopig.
'Ging hij dan zomaar weg?'
Blonde Chrissie wees naar een witte telefoon op een wankel tafeltje.
'Er werd gebeld. En na dat telefoongesprek is Sjaak vertrokken.'
'Wanneer was dat?'
'Een goed half uur geleden.'
'Wie belde?'
'Een vrouw.'
De Cock trok zijn wenkbrauwen samen.
'Hoe weet je dat?'
Blonde Chrissie wees opnieuw naar de telefoon.
'Ik nam de hoorn op en een vrouwenstem zei: Geef mij even de heer Van Ieperen... ik weet, dat hij bij u is.'

13

Vledder reed wild van de parkeerplaats bij Waddenland weg. Met gierende banden reed hij de Telstarweg op. De Cock legde even zijn hand op de rechterarm van de jonge rechercheur. 'Kalm aan... kalm aan. Ik wil toch de kerstdagen nog wel halen.'
Vledder nam wat gas terug en snoof. Zijn neusvleugels trilden. 'Een vrouw,' brulde hij met ingehouden woede. 'Steeds maar weer een vrouw.' Hij zwaaide wild naar de voorruit van de Volkswagen. 'En eeuwige stortbuien.'
Hij blikte opzij naar De Cock. 'Weet jij er wat van? Is dit het begin van een nieuwe zondvloed?'
De oude rechercheur keek gelaten naar hem op.
'Het zou mij persoonlijk niets verbazen,' sprak hij simpel. 'En als ik de macht had...'
Vledder onderbak hem. '... kwam er een nieuwe zondvloed?' vulde hij vragend aan.
De grijze speurder streek langzaam met zijn pink over de rug van zijn neus. 'Was je toch mooi,' sprak hij bedachtzaam, 'in één klap van een hoop criminaliteit af.'
Hoewel hij het niet zo had bedoeld, klonk het bijna spottend.
Op het gezicht van Vledder brak een glimlach door.
'Ik weet niet hoe jij er over denkt, maar als je het mij vraagt, was het wel een erg radicale manier van misdaadbestrijding.
De Cock reageerde niet. Hij voelde weinig voor een oeverloze godsdienstige discussie.
'Hoe vond je Blonde Chrissie?' vroeg hij ontwijkend.
'Een mooi vrouwtje.'
De grijze speurder glimlachte.
'Ik geloof, dat ik oud begin te worden,' sprak hij meewarig.
'Ik kon mij dat geval van dat mannetje met zijn radio niet eens meer herinneren.'
'Zij wel... gelukkig.'
'Vond je haar geloofwaardig?'
'Zeker.'
De Cock zuchtte diep.
'Dan ben ik bang,' sprak hij gespannen, 'dat Jacques van Ieperen op weg is.'

'Waarheen?'
'Op weg naar zijn dood.'
Vledder keek hem verschrikt aan.
'Meen je dat?'
De Cock liet zijn hoofd iets zakken.
'Ik ben bang,' sprak hij somber, 'dat de vrouw die hem belde, Jacques van Ieperen naar een bepaalde plaats heeft gelokt.'
'Om hem te vermoorden?'
'Precies.'
Van verbijstering liet Vledder het stuur van de Volkswagen los en hief zijn handen omhoog. Het voertuig begon gevaarlijk te slingeren. Een moment later had hij de wagen weer in bedwang, stuurde naar de vluchtstrook van de Gooiseweg en stopte. Het gezicht van de jonge rechercheur zag inbleek. Met een ruk draaide hij zich naar De Cock toe.
'Jij... eh, jij bedoelt,' stotterde hij ontsteld, 'dat die Jacques van Ieperen mogelijk op ditzelfde moment wordt vermoord?'
De grijze speurder trok zijn gezicht strak.
'Dat bedoel ik.'
De uitdrukking op het gezicht van Vledder was er een van totale verwarring. 'En doen we dan niets,' riep hij fel, geëmotioneerd. 'Laten we dat gewoon gebeuren? Dat... eh, dat kan toch niet. Dat kan toch niet. Dat...'
De Cock hulde zich in een stilzwijgen.
Uiterlijk leek hij onbewogen.
Van zijn breed, markant gezicht was geen expressie te lezen. Hij begreep iets van de wanhoop... van de verlammende onmacht, die zijn jonge collega teisterde... gevoelens, die ook in hemzelf leefden, maar die hij in een harde leerschool van vele jaren beter had leren beheersen.
Vledder pakte hem met zijn sterke knuisten bij de schouderkoppen vast en schudde hem wild heen en weer.
'Jij weet het toch altijd,' siste hij beschuldigend. 'Jij weet toch achteraf altijd precies hoe het in elkaar zit.' Hij bracht zijn gezicht dichtbij. 'Weet het dan nu... nu... nu er nog een mensenleven is te redden.'
De Cock liet hem begaan. De beschuldiging raakte hem niet. Hij werd niet beheerst door het gevoel, dat hij tot nu toe had gefaald. Hij had gedaan wat in zijn vermogen lag. Gerechtigheid op aarde was

een zaak van mensen. Wie was hij? Een oude rot in het moeilijke recherchevak... meer niet. Geen wonderdoener.
Vledder liet hem los en zakte vermoeid terug in de stoel achter het stuur.
De Cock keek hem van terzijde aan.
'Rij naar de Kit,' sprak hij kalm.

Toen de beide rechercheurs de hal van het politiebureau aan de Warmoesstraat binnenstapten, wenkte Jan Kusters hen van achter de balie met een kromme vinger.
De Cock liep op hem toe.
'Wat is er?'
De wachtcommandant grinnikte een tikkeltje gemeen.
'Zaten jullie weer in dat cafeetje?'
De Cock antwoordde niet.
'Wat is er?' herhaalde hij onverstoorbaar.
Jan Kusters stak zijn arm omhoog.
'Boven zit een man op jou te wachten.'
'Wat voor een man?'
'Die man, die bij Vledder aangifte van bedreiging heeft gedaan... de heer Harredijke.'
De Cock kneep zijn ogen half dicht.
'Heer Harredijke?'
De wachtcommandant knikte.
'Hij zei, dat hij in Amstelveen uit het ziekenhuis was weggelopen... uit angst. Hij wilde met je praten voor hij voorgoed van het toneel verdween.'
De Cock draaide zich om en liep de hardstenen trap op naar de tweede verdieping.
Vledder volgde gedwee.
Toen ze door de brede gang naar de recherchekamer liepen, stond de heer Arend Harredijke van de bank op. De Cock herkende hem direct. Hij droeg dezelfde chique antracietgrijze mantel met de witzijden sjaal als op de avond, dat hij aangifte deed. De zwarte gleufhoed hield hij in de hand.
De Cock liep glimlachend op hem toe.
'Hoe maakt u het?' riep hij opgewekt. 'Weer helemaal hersteld? De mitella is weg, zie ik.' Hij hield de deur van de recherchekamer uitnodigend voor hem open. 'Het spijt me, dat ik er niet was. Hebt

u erg lang op ons moeten wachten?'
De heer Harredijke keek op zijn horloge.
'Een kwartier... ongeveer.'
De Cock ging hem voor.
'Dat valt nogal mee. Gewoonlijk zijn Vledder en ik uren op pad.' Hij wees naar de stoel naast zijn bureau. 'Gaat u zitten.'
De heer Arend Harredijke nam plaats. Met zijn gleufhoed op zijn knieën wachtte hij geduldig tot ook de oude rechercheur was gaan zitten. Toen boog hij zich iets naar de grijze speurder toe.
'Ik moet hier weg, meneer De Cock,' sprak hij schichtig.
'Ik moet hier zo snel mogelijk weg. Nu die eerste aanslag op mij is mislukt, zal ongetwijfeld een tweede aanslag op mijn leven volgen. Ik vrees, dat ik er dan niet zo goed vanaf kom.'
De Cock keek hem onderzoekend aan. De heer Harredijke zag er slecht uit, vond hij. Vermagerd. De neus in het bleke gezicht leek nog scherper. De wangen waren iets ingevallen. Maar de tastende, waakzame blik in de helderblauwe ogen was gebleven.
'U verwacht een tweede aanslag?'
De journalist zuchtte.
'Ik dacht daar in Amstelveen in het ziekenhuis veilig te zijn. Daarom heb ik er ook bij mijn behandelend arts op aangedrongen om mij nog enige tijd in behandeling te houden... hoewel dat in feite niet meer nodig was. De wond aan mijn arm geneest goed en ook geestelijk begon ik mij weer aardig weerbaar te voelen.' Hij maakte met zijn beide handen een hulpeloos gebaar. 'Maar vanmiddag ben ik bijna in paniek weggelopen.'
De Cock trok zijn wenkbrauwen op.
'U voelde zich ineens niet veilig meer?'
'Nee.'
De oude rechercheur keek hem niet begrijpend aan.
'Wat is er dan gebeurd?'
Arend Harredijke slikte.
'Ik heb haar gezien.'
'Wie?'
Met trillende hand wees de journalist achter zich.
'De vrouw... de vrouw van de motorfiets. Ze liep in het ziekenhuis door de gang. Ik weet het zeker. Ik zag het silhouet van haar helm in het matglas van mijn kamerdeur. Het pure angstzweet brak mij uit. Als een struisvogel hield ik mijn hoofd onder het laken. Ik dacht elk

moment, dat zij in haar leren pak mijn kamer zou binnenstormen om opnieuw op mij te schieten.'
'U hebt alarm geslagen?'
Arend Harredijke schudde zijn hoofd.
'Dat had geen zin. Niemand zou het begrijpen. Ik heb ook de politie in Amstelveen niet ingelicht. Ik hoop, dat u dat voor mij wilt doen.'
De Cock wreef met zijn hand over zijn gezicht.
'En nu?'
Arend Harredijke maakte een berustend gebaartje.
'Ik kan hier niet blijven,' sprak hij met een diepe zucht. 'Die dodelijke dreiging kan ik niet langer aan. Ik ga niet terug naar het ziekenhuis en ik ga niet meer terug naar mijn huis in Amstelveen. Ik bezit een min of meer gerieflijk zomerhuis in Ermelo. Dat is slechts in intieme kring bekend. Daar ga ik heen. Ik zal u het adres geven voor het geval u mij nog eens nodig heeft.'
De Cock knikte begrijpend.
'U hebt gelijk. Wij, van de politie, kunnen u niet afdoende beschermen. Daartoe ontbreken ons de middelen. Wij kunnen alleen hopen die bewuste vrouw zo snel mogelijk te vinden... te ontmaskeren.' Hij zweeg even voor het effect. Daarna strekte hij zijn rechterhand resoluut in de richting van de man. 'U... heer Harredijke... u kent haar.'
De journalist deinsde verschrikt terug.
'Ik?' riep hij ontsteld.
De Cock knikte kalm.
'U... en Jacques van Ieperen.'
De adamsappel van Arend Harredijke wipte op en neer.
'De compagnon van Emile?'
De Cock grijnsde breed.
'Inderdaad, de compagnon van Emile van den Aerdenburg. Ook hij kreeg dreigbrieven.' De grijze speurder verstarde. Zijn gezicht werd een stalen masker. Met zijn scherpe blik hield hij de gelaatstrekken van de man voor zich gevangen. 'Ik vraag u nu... uitdrukkelijk... bij welke vrouw hebt u... heer Arend Harredijke... in samenwerking met Jacques van Ieperen en Emile van den Aerdenburg... in het verleden zoveel haatgevoelens opgewekt, dat zij tot een stelselmatig uitmoorden van de heren besloot?'
Arend Harredijke bracht in wanhoop zijn beide handen voor zijn gezicht. Zijn lange lichaam begon te schokken. De zwarte gleufhoed

gleed van zijn trillende knieën.
De Cock trok zijn handen van het gezicht weg.
'Harredijke,' brieste hij, 'ik heb u iets gevraagd.'
De journalist schudde angstig zijn hoofd.
'Ik weet het niet,' riep hij gesmoord. 'Echt, ik weet het niet. Vraag het Jacques... vraag het Jacques.' Hij huilde als een kind. 'Vraag het Jacques...'

Vledder keek De Cock niet begrijpend aan.
'Je liet hem gaan,' sprak hij toonloos.
De oude rechercheur knikte traag. Daarna trok hij zijn schouders iets op. De accolades rond zijn mond vergleden tot een trieste glimlach.
'Wat had ik dan moeten doen?'
Vledder zwaaide heftig.
'Hij weet het... hij weet het... hij kent de vrouw die hem bedreigt. Hij weet ook precies wat er in het verleden is gebeurd. Het was gewoon aan hem te zien. Hij straalde het uit.' De jonge rechercheur grinnikte vreugdeloos. 'En jij laat de totale oplossing van deze hele affaire gewoon, zonder hinderen, de deur uit wandelen.'
Het klonk als een ernstig verwijt.
De Cock boog zich iets naar hem toe.
'We leven niet meer in de middeleeuwen, lieve jongen,' sprak hij geduldig. 'Ik kan die man niet op een pijnbank leggen. Als Arend Harredijke met die dodelijke dreiging wil blijven leven, dan is dat zijn zaak. En als er in het verleden iets is gebeurd, dat het daglicht niet kan velen, dan kan ik die man niet dwingen om zichzelf te beschuldigen. Zo zit nu eenmaal het recht in elkaar, dat jij en ik heten te vertegenwoordigen.' Hij zuchtte diep. 'Dacht je, dat ik het leuk vind om die journalist als schietschijf te laten rondlopen?'
Vledder kneep zijn lippen op elkaar.
'Het is toch te zot,' riep hij fel, 'dat een enkele vrouw drie mannen kan vermoorden.' Hij snoof. 'Besef je wel, dat als zowel Arend Harredijke als Jacques van Ieperen dood zijn, wij beiden deze zaak nooit meer tot een oplossing zullen brengen?'
De Cock bromde.
'Ze zijn nog niet dood.'
Vledder schudde wanhopig zijn hoofd.
'Maar dat is een kwestie van tijd. Die dame wacht rustig haar kans af. Geloof me, die Arend Harredijke gaat er ook aan... vandaag of

morgen. Dat zomerhuis van hem in Ermelo biedt geen enkele bescherming. Net zo min als dat liefdesnestje van Jacques van Ieperen in Duivendrecht bescherming bood. Die vrouw wist hem te vinden.' Hij staarde met een triest gezicht voor zich uit. 'Ik hoop voor ons, dat Vieze Sjaak de dans ontspringt.'
De telefoon op het bureau van De Cock rinkelde. Vledder griste de hoorn van het toestel en luisterde. De Cock keek toe en zag hoe zijn gezicht betrok.
'Wat is er?' vroeg hij gejaagd.
Vledder legde de hoorn neer en slikte.
'Op de Keizersgracht zit een doodgeschoten man tegen een boom... zijn gezicht naar de gracht.'

14

Op de brug van de Leliegracht parkeerde Vledder hun Volkswagen half op het trottoir pal achter een surveillancewagen van de politie. In het interieur brandde licht. Toen de beide rechercheurs uitstapten, kwam Jaap Alberts uit de surveillancewagen naar hen toe. De jonge diender wees voor zich uit naar de Keizersgracht.
'Het lijkt wel een duplicaat van een paar dagen geleden. Hij zit ook tegen een boom, zijn gezicht naar het water en kogelgaten in zijn borst.'
De Cock keek hem verrast aan.
'Dezelfde boom?'
Jaap Alberts schudde zijn hoofd.
'Het is nu aan de andere kant van de gracht. Aan de even zijde. Wel op dezelfde hoogte.' Hij grinnikte. 'Als die andere daar nog zou zitten, dan zouden ze elkaar in de ogen kunnen kijken.'
De Cock glimlachte.
'Doden kijken elkaar niet meer in de ogen.'
De jonge diender maakte een grimas.
'Bij wijze van spreken. Ik probeerde alleen maar zo duidelijk mogelijk te zijn.'
De Cock knikte.
'Is de meute* gewaarschuwd?'
'Ja.'
'Weet je al wie het slachtoffer is?'
Jaap Alberts gebaarde verontschuldigend.
'Ik heb nog niet goed kunnen kijken. Maar volgens mij heeft hij geen enkel identiteitspapier bij zich. Hij zit daar alleen maar in zijn vest.'
De Cock maakte de bovenste knopen van zijn oude regenjas los en plukte uit de borstzak van zijn colbert het stukje krantenpapier, dat hij van Smalle Lowietje had gekregen.
'Hier... laat het niet nat worden. Stop het even onder je pet. Het is een adres in Duivendrecht van een jonge vrouw... Christine Beekman... Blonde Chrissie. Haal haar op en breng haar hierheen.'
Jaap Alberts keek hem wat vreemd aan.
'Nu?'

* Mensen, die bij de behandeling van een moord nodig zijn.

De Cock knikte.
'Nu.' Hij wees voor zich uit naar de gracht. 'Ik heb een sterk vermoeden wie die man bij de boom is. Maar ik heb hem nog nooit in mijn leven gezien. Ik wil zo snel mogelijk zekerheid omtrent zijn identiteit. Dat vrouwtje in Duivendrecht kan hem herkennen.'
Jaap Alberts tikte op zijn pet.
'Moet ik haar vertellen waarvoor zij mee moet?'
De oude rechercheur schudde zijn hoofd.
'Zeg haar alleen maar, dat rechercheur De Cock van de Warmoesstraat nog een beetje krediet vraagt.'
'Krediet?'
De Cock gniffelde.
'Krediet, ja.' Met een zoete grijns om zijn mond liep hij bij Jaap Alberts weg de Keizersgracht af.
Vledder volgde.
Ruim twintig meter verder maakte een jonge diender zich van de huizenrij los en bleef midden op de rijbaan staan. Met de klep van zijn pet omhooggeschoven, zijn benen iets uit elkaar, wachtte hij in de gutsende regen geduldig tot de beide rechercheurs naderbij waren gekomen. Verlegen glimlachend wees hij naar de waterkant.
'U... eh, u vindt het misschien gek, maar ik had vanavond zo'n voorgevoel, dat er weer eentje tegen een boom zou zitten. Het komt, denk ik, omdat het opnieuw beestenweer is... heel donker, triest en een stromende regen. Ik zei tegen Jaap Alberts: Doe mij een plezier en rij nog een keertje over de Keizersgracht.'
'En toen zag je hem zitten?'
De diender knikte.
'Hoewel ik het min of meer verwachtte, kon ik toch mijn eigen ogen niet geloven. Ik dacht: je droomt. Je hebt die vent van een paar dagen geleden nog in je gedachten.' Om zijn lippen zweefde weer zo'n verlegen lachje. 'Het... eh, het was toch waar.'
De Cock liep bij hem vandaan naar de boom.
Scheef weggezakt, met zijn gezicht naar het water gekeerd, zijn rug steunend tegen de brede stam van een oude iep, zat een man in witte hemdsmouwen. Ze staken wat bollend uit een dichtgeknoopt donkerbruin vest. Het hoofd van de man hing iets opzij. Van de takken drupte regenwater op zijn kalende schedel.
De Cock bleef er vanuit de hoogte naar kijken. Het was een vreemd, macaber beeld. Het drong zich opnieuw aan de grijze speurder op.

Het leek alsof de dode in de gutsende regen, vredig leunend tegen een boom, een onschuldig uiltje knapte.
De Cock ademde diep.
'Eén ding is zeker,' sprak hij cynisch, 'wie de dader ook mag zijn... hij of zij heeft gevoel voor een dramatische enscenering.'
Vledder hurkte bij de dode neer en bekeek de kogelgaten in het vest. Daarna tastte hij met zijn hand de rug van het slachtoffer af. Toen hij omhoog kwam, zat zijn rechterhand vol bloed. Hij hield hem even in de regen en veegde de hand daarna met zijn zakdoek schoon.
'Ditmaal zijn alle kogels uitgetreden,' sprak hij wijzend.
'Ze zijn dwars door het lichaam gegaan. Bijna horizontaal. Ik ben er van overtuigd, dat er nu van veel dichterbij is geschoten.'
'Zitten de kogelgaten dicht bij elkaar?'
'Ja, binnen een kleine kring.'
'Een goede schutter.'
Vledder schoof zijn onderlip vooruit.
'Beslist.' Hij keek over het water naar de andere kant van de Keizersgracht. 'Zou het weer in datzelfde kantoor zijn gebeurd?'
De Cock knikte traag.
'Dat is heel goed mogelijk. We moeten daar straks maar eens gaan kijken.'
'Heb je de sleutel van het kantoor bij je?'
De Cock keek hem gnuivend aan.
'Is het apparaatje van mijn vriend Handige Henkie voor jou niet goed genoeg?'
Vledder reageerde niet. Hij kon er niet aan wennen, dat De Cock van het handige apparaatje gebruik maakte. In zijn ogen was het niet meer of minder dan een bij de wet verboden 'valse sleutel'.
Bram van Wielingen kwam tussen hen in staan. De fotograaf keek verrast naar de dode man.
'Het lijkt wel dezelfde,' riep hij geschrokken.
De Cock blikte opzij.
'Wat bedoel je... dezelfde man of dezelfde dader?'
Bram van Wielingen wuifde.
'Het is een andere vent.'
'Dus dezelfde dader?'
De fotograaf knikte.
'Daar ziet het naar uit. Maar welke moordende idioot zet die lijken zo tegen een boom, met hun gezicht naar het water? Dat is toch gek?'

Vledder wreef over zijn natte kin.
'Misschien heeft de moordenaar er wel een bedoeling mee.'
De Cock keek bewonderend naar hem op.
'Dit is een van de weinige verstandige dingen, die je tot nu toe in deze zaak hebt gezegd.'
Ben Kreuger, de dactyloscoop, kwam aanlopen en keek over de brede schouder van De Cock naar de dode bij de boom.
'Ik zie het al,' bromde hij. 'Morgenochtend op Westgaarde is hij de eerste.' Hij draaide zich om en rende door de regen terug naar zijn wagen.
Bram van Wielingen opende zijn aluminiumkoffertje en monteerde zorgvuldig een flitslicht op zijn Hasselblad. Vragend keek hij naar De Cock. 'Dezelfde plaatjes als de vorige keer?'
De Cock knikte instemmend en draaide zich om.
Vanaf de brug bij de Leliegracht zag hij Dr. Den Koninghe de Keizersgracht op komen. Het leek een plechtige processie. De oude lijkschouwer liep in zijn deftige jacquet en streepjesbroek, de groen uitgeslagen garibaldi recht op zijn hoofd, in de stromende regen midden over de rijbaan. Aan weerszijden achter hem, schreden de lange geüniformeerde broeders met hun brancard.
De oude rechercheur stapte in hun richting, maar bleef plotseling staan. De schuin neerplenzende regen vertekende het beeld, waardoor het leek alsof de drie mannen in een sterk vertraagde tred op hem toekwamen.
De Cock wreef met zijn hand het water uit zijn gezicht en schudde de betovering van zich af. Met een vriendelijke glimlach om de mond begroette hij Dr. Den Koninghe hartelijk. De altijd wat excentrieke lijkschouwer keek even naar hem op en liep toen langs hem naar de dode aan de boom. Hij knielde bij het lijk neer en bekeek de verwondingen aan de borst. Zijn inspectie duurde maar even. Met krakende knieën kwam hij overeind.
'Hij is dood.'
De Cock knikte.
'Bedankt,' sprak hij simpel.
Dr. Den Koninghe schreed waardig aan hem voorbij en liep zonder iets te zeggen van hem weg.
De Cock keek hem met gemengde gevoelens na.
Toen de broeders van de geneeskundige dienst aanstalten maakten om de dode op hun brancard te leggen, hield de oude rechercheur

hen tegen. 'Wacht nog even.' vroeg hij vriendelijk. 'Geef mij nog vijf minuten.'
De oudste van de broeders keek de grijze speurder verwonderd aan. Hij wees op Vledder.
'Uw jonge collega is er toch?'
De Cock glimlachte.
'Ik wacht nu op een jonge vrouw.'
De broeder trok zijn wenkbrauwen op.
'Een jonge vrouw?' vroeg hij ongelovig.
De Cock knikte.
'Het klinkt misschien wat vreemd, maar ik verwacht haar toch.'
Zachtjes mopperend trokken de broeders zich terug.
Tot zijn grote opluchting zag De Cock kort daarna een surveillancewagentje van de politie vanaf de Raadhuisstraat de Keizersgracht op rijden. Met knarsende remmen stopte het wagentje naast hem. Jaap Alberts stapte snel uit en hield het portier voor blonde Chrissie open.
De Cock liep op haar toe.
'Ik weet, dat het vervelend is,' sprak hij somber. 'Ik vind dat zelf. Ik had je het ook graag bespaard.' Hij zuchtte diep. 'Maar ik moet je iets laten zien.' Langzaam liep hij van haar weg naar de boom. Vandaar wenkte hij haar met een kromme vinger.
Zwijgend stapte ze naderbij. Haar bleek gezicht in de regen was een witte vlek.
Blonde Chrissie keek en zakte door haar knieën. Ze pakte het platte hoofd van de dode man met haar beide handen vast en bracht het naar haar schoot.
'Sjaak,' snikte ze. 'Arme, arme Sjaak.'

De Cock stond boven op het bordes van 1119 en keek over het verlaten stukje Keizersgracht. Het lijk van Jacques van Ieperen was weg... door de broeders afgevoerd in de ambulancewagen. Hij had nog even naar het snel vervagende rode achterlicht gekeken. Toen had hij Jaap Alberts en zijn jonge collega bedankt voor hun assistentie en aan Vledder de opdracht gegeven om Blonde Chrissie naar haar flatje in Duivendrecht terug te brengen.
Zelf was hij op de gracht gebleven... lopend, peinzend. In de trage tred van zijn slentergang lieten zijn gedachten zich gemakkelijker ordenen. Steeds opnieuw kwam het beeld van de dode mannen hem voor ogen. Het kon niet anders... er moest iets zijn... een dwin-

gende reden voor de macabere enscenering. Wat beoogde de moordenaar... of was het een moordenares... met het plaatsen van de lijken tegen een oude boom aan de gracht... met dode ogen uitkijkend over het water? Was het een symbool? Voor wie... voor wat?
Vledder stopte met de Volkswagen voor het bordes en stapte uit. Traag en loom liep hij de stenen trap op.
De Cock keek hem aan.
'Heb je haar thuisgebracht?'
'Ja.'
'Tot in haar flat?'
'Ja.'
'Zei ze nog wat... onderweg?'
De jonge rechercheur schudde zijn hoofd.
'Niets... althans niets, dat voor onze zaak van belang is. Ze was wel erg terneergeslagen... verdrietig. Ze vroeg zich af of ze, nu Sjaak dood is, nog in haar knusse flatje kon blijven.'
De Cock knikte begrijpend.
'Het arme kind,' verzuchtte hij. 'Ik heb er nog een moment aan gedacht om voor de herkenning Smalle Lowietje te gebruiken. Die heeft Jacques van Ieperen ook in leven gekend. Maar Blonde Chrissie leek mij voor dat doel toch beter geschikt.' Hij zweeg even. 'Ik vond het heel aangrijpend. Ik had het idee, dat ze echt verdriet had.'
Vledder grijnsde.
'Logisch... ze is haar boterham kwijt.'
De Cock keek bestraffend naar hem op.
'Daar dacht Chrissie niet aan,' riep hij fel, 'toen ze het dode hoofd van Sjaak in haar schoot legde.' De oude rechercheur snoof verachtelijk. 'Het wordt tijd, dat je leert om emoties te onderscheiden.' Met een van woede vertrokken gezicht pakte hij een sleutel uit de buitenzak van zijn natte regenjas. 'Hier... maak open.'
Vledder nam de sleutel aan. De felle reactie van De Cock had hem zichtbaar aangegrepen. Zijn hand trilde toen hij de groengelakte toegangsdeur opende.
Via het portaal met het gesloten uitkijkluikje kwamen ze in de brede, met wit marmer beklede gang. Voor de monumentale eiken deur bleef De Cock staan.
'*E. van den Aerdenburg*,' las hij hardop, '*ontwerper*.'
Vledder wees naar de sierlijke, witgelakte schrijfletters.
'Vreemd, dat de naam van Jacques van Ieperen daar niet bij staat.'

De Cock glimlachte. Zijn boosheid was al weer weggeëbd. 'Misschien was hij slechts 'stille' vennoot.'
Vledder duwde de deur open. Voorzichtig stapte hij naar binnen. De Cock liep achter hem aan. Het licht van zijn zaklantaarn speelde door het vertrek. Even maar. Toen bleef het licht staan. Op een stoel, in het kille ovaal van de zaklantaarn, lagen slordig weggeworpen, een donkerbruin colbert en een regenjas.

15

De Cock had moeie voeten. Ze waren er ineens, onaangekondigd. Het was als de donder bij een heldere hemel. Hij leunde achterover en legde zijn voeten op een hoek van zijn bureau. Met een van pijn vertrokken gezicht bevoelde hij zijn kuiten. Het was alsof geniepige kleine duiveltjes uit pure boosaardigheid met duizend spelden in zijn kuiten prikten. Hij kende de pijn, die uit de holten van zijn voeten kwam, langs zijn hielen omhoog trok en zich vastzette in zijn kuiten. Hij wist ook wat de pijn betekende. Telkens als de zaken slecht liepen, als zijn onderzoeken dreigden te verzanden en als hij het machteloze gevoel had volkomen in het duister te tasten, gaven die helse duiveltjes acte de présence.
Vledder keek hem bezorgd aan. 'Is het weer zover?'
De Cock knikte en sloot zijn ogen. Enkele minuten bleef hij zo zitten, bewegingloos en geconcentreerd. Zijn markant gezicht leek een stalen masker. Om de pijn te verdrijven zette hij zijn tanden in zijn onderlip. 'Het gaat wel weer over,' sprak hij mat. 'De pijn is nog wel te verdragen, maar de wetenschap, dat wij na twee moorden en een moordaanslag en dagen van intensief speuren in feite nog geen stap verder zijn gekomen met ons onderzoek, bezorgt mij een angstig gevoel.'
Vledder keek zijn oudere collega met een blik vol ongeloof aan. 'Je denkt, dat wij er niet uitkomen en dat wij de moordenaars nooit zullen vatten?'
De Cock keek hem aan.
'Dat kan toch?' antwoordde hij benepen. 'Hoeveel moorden blijven er niet onopgelost? Daar kun je hele begraafplaatsen mee vullen.'
Vledder schudde resoluut zijn hoofd.
'Niet bij ons. Ik bedoel, niet bij jou. Zolang wij samen zijn... en dat is toch al een paar jaartjes... kan ik mij niet herinneren, dat wij ooit een affaire hebben laten zakken.'
Op het van pijn vertrokken gezicht van De Cock brak een glimlach door. Hij trok zijn schouders op.
'Misschien is het bijgeloof?'
'Wat?'
'Dat mijn moeie voeten iets met de stand van het onderzoek te maken hebben.'

Vledder lachte bevrijd.
'Vast.'
De Cock tilde zijn benen van zijn bureau.
'Heb je de drie patroonhulzen en de kogels, die wij gisteravond in het kantoor van wijlen de heer Van den Aerdenburg hebben gevonden al naar het laboratorium in Den Haag gestuurd?'
'Dat heb ik vanmorgen gedaan. Ik heb ook het laboratorium even gebeld en gevraagd hoever zij met dat andere onderzoek waren.'
'En?'
'De patroonhulzen die wij na de dood van Emile van den Aerdenburg vonden, de kogel die Dr. Rusteloos tijdens de gerechtelijke sectie uit zijn lijf peuterde, alsmede de patroonhulzen die de politie uit Amstelveen opstuurde, komen alle uit hetzelfde pistool.'
De Cock voelde aan zijn kuiten.
'Ik ben ervan overtuigd, dat het onderzoek zal uitwijzen, dat ook de patroonhulzen en de kogels van gisteravond uit datzelfde wapen komen.'
Vledder knikte instemmend.
'En volgens mij kunnen we er ook van overtuigd zijn, dat het pistool steeds door dezelfde schutter werd gehanteerd.'
Hij zweeg even, kneep zijn lippen op elkaar. 'En de schutter is ook vrouwelijk.'
De Cock keek op zijn horloge.
'Hoe laat is de sectie op Jacques van Ieperen?'
'Straks om tien uur. Ik heb gevraagd of Appie Keizer de sectie wil bijwonen.'
'Waarom?'
Vledder trok een vies gezicht.
'Ik heb er geen zin in.'
De Cock strekte zijn wijsvinger naar hem uit.
'Dan mag jij eerst,' sprak hij ernstig, 'dat lijk van Jacques van Ieperen wel ordentelijk aan Appie Keizer overdragen. Anders kom je juridisch in de problemen. Stel je voor dat Dr. Rusteloos aan een verkeerd lijk gaat snijden.'
Vledder bracht geschrokken een hand voor zijn mond.
'Je hebt gelijk. Wat stom. Ik heb aan zo'n overdracht totaal niet gedacht.'
De Cock stond op en liep naar de kapstok.
'Vraag of Appie Keizer er al voor klaar is... maken we eerst even

een ommetje naar Westgaarde.'
'En dan?'
'Gaan we naar Baarn.'
Vledder liep verwonderd achter hem aan.
'Wat moeten we daar doen?'
De Cock draaide zich half om.
'Op condoleantie-bezoek,' sprak hij strak. 'Een vereenzaamde vrouw vertellen, dat ze weduwe is geworden. Dergelijke zaken mag je nooit vergeten.'

Ze reden met een rustig gangetje Baarn binnen.
De Cock blikte opzij naar Vledder aan het stuur.
'Ken je de weg nog?'
De jonge rechercheur knikte.
'Straks na de spoorwegovergang onmiddellijk rechtsaf. Dan zijn we in de Prinses Marielaan. Even voorbij het kantoor van uitgeverij De Fontein gaan we linksaf.'
De Cock knikte goedkeurend.
'Ik heb gisteren met de post van de directeur van die uitgeverij een relatiegeschenk gekregen.'
'Als het maar niet te kostbaar is, anders ben je als politieman verplicht het te melden.'
De Cock maakte een schouderbeweging.
'Het is een boek... een gebonden boek met Versjes uit de Oude Tijd, verzameld door ene Els Olden. Ik heb het nog niet ingekeken. Ik hoop, dat het vanavond niet te laat wordt.'
Ze reden de Prins Bernhardlaan in. Een tiental meters voor een zijlaan parkeerde Vledder de politie-Volkswagen aan de kant van de rijbaan, schuin op de wortels van een eerbiedwaardige eik. Ze stapten wat verkreukeld uit en slenterden terug de laan in. Bij de imposante villa op nummer 73 liepen ze het brede grindpad op. Voor de glimmende bruingelakte toegangsdeur bleven ze staan.
De Cock nam zijn hoedje af, bracht een droevige trek op zijn gezicht en belde aan.
Het duurde niet lang. Al na enkele seconden werd de deur door mevrouw Van Ieperen geopend. Ze droeg dezelfde hooggesloten japon als bij hun vorige bezoek. Ook de zilveren broche ontbrak niet.
Mevrouw Van Ieperen liet haar blik even over de beide mannen

dwalen. Zonder iets te zeggen draaide ze zich om en liep voor de rechercheurs uit naar het ruime studeervertrek. Met een hooghartig gebaar wuifde ze naar de comfortabele leren fauteuils. 'Gaat u zitten.' Daarna nam ze tegenover hen plaats... stijf, rechtop, haar knieën stijf tegen elkaar.
De Cock legde zijn hoedje naast zich op het eiken parket en zocht naar een opening. Hij liet zijn hoofd iets hangen en vouwde vroom zijn beide handen.
'Het is mij een pijnlijke plicht om...'
Mevrouw Van Ieperen onderbrak hem.
'Is hij dood?' vroeg ze scherp.
De Cock keek naar haar op.
'Waarom zegt u dat?'
Mevrouw Van Ieperen klemde haar lippen op elkaar.
'U komt niet voor niets uit Amsterdam naar Baarn, meneer De Cock. Bovendien weet ik, dat hij dood is.'
De oude rechercheur reageerde verrast.
'Hoe?'
Mevrouw Van Ieperen sloot haar ogen en klemde haar knieën nog dichter tegen elkaar. 'Ik heb het moment gevoeld,' sprak ze zacht. 'Het moment van zijn dood.' Ze keek even op, snel, bijna schichtig. 'Het was gisteravond... is het niet?'
De Cock knikte traag.
'Het was gisteravond.'
'Hoe stierf hij?'
'Iemand heeft op hem geschoten.'
'Net als Emile van den Aerdenburg?'
'Ja.'
Mevrouw Van Ieperen schudde haar hoofd.
'Jacques... hij was altijd belust op geld. Ik denk, dat dat zijn ondergang is geworden.'
De Cock nam een lange pauze. Daarna boog hij zich iets naar haar toe. De uitdrukking op zijn gezicht was mild, meelevend. 'Wij condoleren u met het verlies van uw man,' sprak hij gedragen. 'Het zal uw verdriet, uw smart niet lenigen... dat beseffen wij... maar het behoort tot onze taak om de man of de vrouw, die voor zijn dood verantwoordelijk is, te ontmaskeren en aan een rechter over te dragen... een aardse rechter.' Hij zweeg even en spreidde zijn beide handen. 'Van zo'n aardse rechter heeft uw man nu niets meer te

vrezen... hij zal inmiddels al zijn geoordeeld door Hem, Die alle feiten kent... ook de verzachtende omstandigheden.' De oude rechercheur keek haar gespannen aan. 'Wat ik u probeer duidelijk te maken, mevrouw Van Ieperen, is... dat u volkomen openhartig kunt zijn... dat u door uw uitspraken uw man niet meer kunt belasten... dat een mogelijk motief om iets voor ons te verzwijgen niet meer geldt.'
Om haar lippen gleed een wrange glimlach.
'Bent u daar zo zeker van?'
De Cock gebaarde in haar richting.
'Alleen als u zelf, in persoon, bij deze affaire bent betrokken... dat zou voor u een reden kunnen zijn om geen opening van zaken te geven.'
Mevrouw Van Ieperen keek hem aan. Haar blauwe ogen flikkerden kwaadaardig. Ze klapte met haar vlakke hand op de leuning van haar fauteuil. 'Ik ben nergens bij be-trok-ken,' reageerde ze heftig. 'Ik ben de wettige echtgenote van Jacques van Ieperen. Begrijpt u? Dat is mijn enige betrokkenheid.'
De Cock hield zijn blik strak op haar gericht. In de grijze speurder groeide de wil om niet op te geven.
'Kent u de heer Harredijke... Arend Harredijke?'
'Nee.'
'Heeft u zijn naam wel eens horen noemen?'
'Nee.'
'Die heer Harredijke heeft Emile van den Aerdenburg eens een interview afgenomen... hebt u dat interview destijds gelezen?'
Mevrouw Van Ieperen schudde haar hoofd en zuchtte.
'Waarom neemt u niet zonder meer van mij aan, dat ik geen bijzonderheden ken... dat het leven van mijn man voor mij een gesloten boek was.'
De Cock grijnsde.
'Ik ken de nieuwsgierigheid van vrouwen. Vooral van vrouwen, die nog in alle oprechtheid van hun man houden. En u hield toch van uw man?'
Mevrouw Van Ieperen liet haar hoofd iets zakken. Haar weerstand leek weggevloeid. 'Ik hield van mijn man,' sprak ze zacht. 'Zeker. God weet, dat ik de waarheid spreek. Ik was alleen niet in staat om al zijn wensen te vervullen. Ik kon dat niet. Hij wekte weerstanden in mij op.' Ze frunnikte aan haar zilveren broche. 'Mijn man heeft al

jaren een verhouding met een klein blond sletje uit de Amsterdamse hoerenbuurt.'
'Dat wist u?'
'Ja.'
'Heeft hij het u verteld?'
Mevrouw Van Ieperen schudde haar hoofd.
'Ik heb hem laten schaduwen.'
De Cock knikte begrijpend.
'Kent u nog andere vrouwen uit zijn leven?'
'Nee.'
De oude rechercheur kwam ver uit zijn fauteuil naar voren. 'Denkt u eens goed na,' sprak hij klemmend. 'Uit ons onderzoek tot nu blijkt, dat bij de moord op uw man en op Emile van den Aerdenburg een vrouw een belangrijke rol speelt. Die vrouw is vermoedelijk ook verantwoordelijk voor de dreigbrieven, die uw man ontving. Dreigbrieven, die ook aan Emile van den Aerdenburg werden gestuurd. Die vrouw moet uw man en zijn compagnon goed hebben gekend. Ze was goed op de hoogte van hun doen en laten... hun gedrag. En wat mij het meest intrigeert is, dat ze op een of andere manier een zekere invloed op de beide mannen had, macht over hen uitoefende.'
Hij keek haar bijna smekend aan. 'Kent u een vrouw uit de omgeving van uw man, die hieraan voldoet?'
Mevrouw Van Ieperen schudde haar hoofd.
'Dat Amsterdamse sletje,' sprak ze verbeten. 'Verder waren er geen andere vrouwen.'
De Cock perste zijn lippen op elkaar. Hij hield de vrouw in de fauteuil voor hem in zijn blik gevangen. Ze mocht hem niet ontglippen. Zijn gevoel, dat de vrouw hem verder kon brengen... nader tot de oplossing van het mysterie... dreef hem voort.
'U liet uw man schaduwen, zei u?'
'Ja.'
'U zult van dat schaduwen ongetwijfeld rapporten of verslagen hebben ontvangen.'
'Die heb ik verbrand.'
'Wat is de naam van het detectivebureau, dat u in de arm nam?'
'Die naam ben ik vergeten.'
De Cock plukte aan zijn onderlip. Hij wist, dat ze loog, maar besloot uit tactische overwegingen daar niet op in te gaan.
'Wat deed u besluiten om uw man te laten schaduwen?'

Mevrouw Van Ieperen friemelde opnieuw aan haar broche. 'Ik vermoedde ontrouw. Steeds vaker bleef hij hele nachten van huis weg.'
De Cock schonk haar een wrange glimlach.
'Ik begrijp het,' sprak hij vriendelijk. 'U wilde uw man niet verliezen. U wilde weten waar hij die nachten doorbracht?'
'Precies.'
De oude rechercheur keek haar schuins aan.
'En toen u het wist... van dat hoertje... hebt u hem dat toen verweten?'
Mevrouw Van Ieperen strekte haar open rechterhand naar hem uit. 'Ik gunde hem dat Amsterdamse sletje. Echt, dat gunde ik hem. Toen ik het wist, was ik daar, eerlijk gezegd, zelfs blij mee. Het betekende niets. Begrijpt u? Het was puur lichamelijk. Meer niet.'
Ineens veranderde haar houding en verstarde haar gezicht. 'Ik was wel woedend toen mij werd bericht, dat hij een paar avonden met een jonge journaliste had gedineerd.'
De Cock kneep zijn ogen half dicht.
'Een journaliste?'
Mevrouw Van Ieperen knikte nadrukkelijk.
'Een mooie jonge journaliste, stond er in dat bericht. Een zekere Tanja.'
De Cock keek haar onderzoekend aan.
'Dat... eh, dat heeft u hem wel verweten?'
'Ja.'
'En wat zei uw man?'
Mevrouw Van Ieperen trok haar schouders iets op.
'Hij grinnikte een beetje en zei: Die stinkgriet.'
'Hij zei: stinkgriet?'
Mevrouw Van Ieperen knikte traag.
'Dat heb ik onthouden. Het maakte indruk op mij.'
'Waarom?'
'Jacques, mijn man, was een heer. Stinkgriet was een uitdrukking, die hij nooit bezigde.'

16

De beide rechercheurs verlieten de villa en sjokten door het grind. Aan het einde van de oprijlaan keek De Cock niet om. Hij had daar dit keer geen behoefte aan. De indruk, die mevrouw Van Ieperen op hem had gemaakt, stemde hem noch blij, noch droevig. Hij begreep iets van de verwijdering, die in dat huwelijk was ontstaan. Mevrouw Van Ieperen, zo meende hij, hanteerde een vreemde logica. Als Jacques, haar man, lange nachten bij een hoertje doorbrengt, dan is ze daar blij mee. Maar als hij een paar avonden met een jonge journaliste dineert, dan is ze daarover zo woedend, dat ze hem ter verantwoording roept. Vrouwen, constateerde hij zuchtend, waren vaak vreemde schepsels.
Ze stapten zwijgend in en reden van de Prins Bernhardlaan weg. Ondanks het middaguur was het bijna donker. Vledder deed het grote licht van de Volkswagen aan en vloekte omdat het weer begon te regenen.
De jonge rechercheur blikte met een kwaad gezicht opzij.
'Hoeveel dagen hebben we nog voordat de kerstklokken beginnen te luiden?'
'Twee, tweeëneenhalve dag.'
'Redden we het nog?'
'Wat bedoel je?'
'Deze ellendige zaak tot klaarheid brengen voor de kerstnacht?'
De Cock liet zich wat onderuitzakken.
'Je moet er vertrouwen in hebben,' sprak hij rustig.
Vledder gebaarde om zich heen.
'Dit condoleantiebezoek aan mevrouw Van Ieperen in Baarn heeft ons ook niets opgeleverd.'
De oude rechercheur schoof zijn onderlip vooruit.
'Ik ben niet ontevreden.'
Vledder snoof verachtelijk.
'Komen we daar verder mee?' vroeg hij een tikkeltje sarcastisch. 'Tanja, een mooie, jonge journaliste? Ze kent geen achternaam... geen adres... weet niet voor welke krant ze werkt... voor welk maand- of weekblad. Ze weet niet of die Tanja ook wel eens met Emile van den Aerdenburg heeft gedineerd. Of met Arend Harredijke.' Hij grinnikte vreugdeloos. 'Wat weet die stijve mevrouw

Van Ieperen feitelijk wel?'
De Cock schoof zijn hoedje naar voren.
'Ik vraag mij af of ze wel beseft, dat ze inmiddels weduwe is geworden.'
Vledder reageerde niet. Zwijgend reden ze voort. Na enige tijd trok de jonge rechercheur rimpels in zijn voorhoofd.
'Weet je wat ik vreemd vind?'
'Nou?'
'Dat wij beiden ons nooit hebben afgevraagd of zij misschien de mysterieuze vrouw is!'
'Mevrouw Van Ieperen?'
Vledder knikte.
'Ik vind haar een ondoorgrondelijke vrouw. Ik heb het gevoel, dat in haar veel meer emoties leven, dan zij uiterlijk toont. Die zwarte, hooggesloten japon maakt op mij de indruk van een camouflagekleed om haar ware hartstocht te verbergen.'
De Cock keek bewonderend naar hem op.
'Ik heb nooit geweten, dat jij zo scherp analyserend naar vrouwen keek!'
Vledder maakte een wrevelig gebaartje.
'Dat preutse gedoe staat mij tegen. Ik vind haar niet sympathiek.'
De Cock schudde zijn hoofd.
'Dat mag voor ons nooit een uitgangspunt zijn,' sprak hij vermanend.
Vledder zwaaide geprikkeld.
'Dat weet ik,' sprak hij heftig. 'Maar laten we nu eens alle vrouwen die in deze affaire een rol spelen, de revue passeren; dan hebben we Marianne Olthoven, de wettige vrouw van Emile van den Aerdenburg... zij is in het bezit van een vuurwapen, kan er mee omgaan en heeft een duidelijk motief. Ik heb haar nog steeds het hoog op mijn lijstje staan, maar zij is een redelijke, normaal reagerende vrouw.'
'Dan hebben we Charlotte Overdinkel, de wat frivole ex-vrouw van Van Aerdenburg... zij heeft geen motief, althans geen motief, dat wij kennen. Maar gevoelsmatig kan ik het niet opbrengen om in haar een verdachte te zien. Begrijp je? En dat gevoel heb ik nu wel bij die mevrouw Van Ieperen.'
'En Sonja van Poeldijk?'
'Van haar weten we nog zo weinig.'
'Gevoelsmatig?'

'Ze lijkt mij te lief.'
De Cock glimlachte.
'Te lief om te moorden?'
'Precies.'
'Ze was anders geraffineerd genoeg om mij om de tuin te leiden.'
Vledder gniffelde.
'En dat zit je nog steeds dwars?'
'Een beetje.'
Ze reden via Diemen Amsterdam binnen. Vledder vermeed de opbrekingen en reed de Gooiseweg verder af naar de Wibautstraat. De vele stoplichten tastten zijn humeur aan.
'Dan hebben we alle vrouwen gehad,' sprak hij snauwerig. 'Jij mag zeggen wie van de vier het is.'
'Je vergeet Tanja.'
'Wil je die ook in het lijstje opnemen?'
De Cock knikte nadrukkelijk.
'Het lijkt mij zinvol om achter haar identiteit te komen. Wie weet of zij ons naar de uiteindelijke oplossing voert. Je moet niet vergeten, dat Jacques van Ieperen weliswaar een paar maal met haar dineerde, maar haar toch een 'stinkgriet' noemde. En dat is een opmerkelijke kwalificatie voor een heer.'
Vledder keek hem gnuivend aan.
'Je wilt zeggen, dat die intieme etentjes toch niet zo harmonisch zijn verlopen.'
De Cock wreef met de rug van zijn hand langs zijn neus. 'Daar heeft het alle schijn van. De vraag is: waarom ga je met een 'stinkgriet' dineren?' Hij zweeg even. Nadenkend. 'Ik zou graag eens een praatje met die juffrouw willen maken.'
'Zouden we haar kunnen identificeren?'
De Cock tuitte zijn lippen.
'Dat zal wel lukken,' sprak hij geruststellend. 'We moeten Bram Brakel, journalist van het dagblad *De Telegraaf* maar eens benaderen. Als die Tanja inderdaad een mooie jonge vrouw is, kent hij haar vast.'
'Zou je denken?'
De Cock lachte.
'Bram Brakel kent alle mooie jonge vrouwen uit het journalistenwereldje.'
Vledder stuurde de Volkswagen vanaf het Damrak de Oudebrug-

steeg in en parkeerde op de steiger achter het bureau. De beide rechercheurs stapten uit en sjokten naar de Warmoesstraat.
Het was druk in de hal van het politiebureau. Voor de balie stond een groepje luid roepende en druk gesticulerende Turkse mannen met zware zwarte snorren. Een paar meter verder stonden Algerijnen en Marokkanen tegen elkaar te schreeuwen. Een Amerikaan vroeg indringend de weg naar het kantoor van The American Express Co. en een Duits meisje wilde weten waar ze het Hilfsverein kon vinden. Achter de balie probeerde Jan Kusters manmoedig om uit de gordiaanse knoop van een Babylonische spraakverwarring te blijven. Toch kreeg De Cock geen kans om ongezien aan hem voorbij te glippen.
De wachtcommandant zwaaide hoog boven de hoofden van de mensen van de balie. Een enveloppe in zijn hand.
'Voor jou,' brulde hij boven het rumoer uit. 'Kwam een jochie brengen.'
De oude rechercheur wrong zich tussen de kijvende buitenlanders en nam de enveloppe van Jan Kusters over. Daarna wurmde hij zich uit het gewoel.
Opmerkelijk kwiek liep hij de trappen op naar de tweede etage. Vledder volgde hem in een lager tempo. In de grote recherchekamer ging De Cock, met zijn regenjas nog aan, achter zijn bureau zitten en legde de enveloppe voor zich neer.
'Aan De Kok', stond er in hoekige hanepoten.
De grijze speurder riep Vledder naderbij en wees.
'Je kunt je honderdmaal als De Cock met ceeooceekaa voorstellen,' sprak hij hoofdschuddend. 'Er zijn altijd nog weer mensen, die je een muts op je hoofd zetten... een koksmuts.'
De jonge rechercheur lachte.
'Je moet je ook niets verbeelden met je ceeooceekaa.'
De Cock reageerde niet. Hij scheurde de enveloppe open.
Er zat een klein blocnote-velletje in met daarop in dezelfde hanepoten.

Beste De Kok,
het landhuis van de landheer heet 'De Aerdenburcht' en ligt aan de Barneveldseweg bij Stoutenburg. Daar is dan eerst een modesjauw en daarna bal met de manakijnen.

Jouw Lowie

ps sorry, kon geen vervanger
krijgen. Jauw conjak staat
nog steeds onder de tap.

Vledder las over zijn schouder mee.
'Wat is een modesjauw met manekijnen?'
De Cock greep gniffelend naar zijn neus.
'Smalle Lowietje komt uit een arm gezin en moest al vroeg aan de bak. Bovendien heeft hij op school bij 'taal' nooit zo goed opgelet. Hij bedoelt duidelijk: een modeshow met mannequins.' De oude rechercheur keek even op. 'Of heb je niet zoveel fantasie?'
Vledder negeerde de vraag. Hij wees naar het briefje.
'De Aerdenburcht... een toepasselijke naam. Moeten we daar nog heen?'
'Naar dat landhuis?'
'Ja.'
'Wat dacht je daar te vinden?'
Vledder trok zijn schouders op.
'Ik heb geen idee. Ik denk, dat Emile van den Aerdenburg en zijn compagnon daar aan relaties hun laatste confectie-modellen toonden.'
'Met een feestje tot slot?'
'Zoiets.'
De Cock kauwde op zijn onderlip.
'Stoutenburg ligt, naar ik meen, in de buurt van Leusden. Bel straks eens met de politie daar. Misschien dat men iets van dat landhuis weet. We kunnen er morgen ook zelf even heen gaan.'
'Morgen?'
De Cock zocht in een lade van zijn bureau en diepte daaruit een aantekening op. 'Morgen,' herhaalde hij knikkend. 'We gaan nu eerst naar de Realengracht.'
Vledder keek hem verrast aan.
De Cock glimlachte.
'Er bestaat altijd nog de mogelijkheid, dat ze mij in de maling heeft genomen. Maar volgens haar eigen opgave woont daar Sonja van Poeldijk.'

17

Het was razend druk in de binnenstad van Amsterdam. In een lang lint trokken de voertuigen traag over de smalle rijstroken van het Damrak.

De Cock gebaarde moedeloos om zich heen.

'Ondanks een woud van Amsterdammertjes zijn de verkeersaders van de Amsterdamse binnenstad volkomen dichtgeslibd. Ik geloof, dat we veel beter te voet naar de Realengracht hadden kunnen gaan.'

Vledder knikte berustend.

'Maar we kunnen nu niet meer terug. Voor we de wagen weer achter het bureau op de steiger hebben, zijn we zeker een half uur verder.' Hij keek even opzij. 'Wonen er mensen op de Realengracht? Volgens mij staan daar alleen maar van die grote oude pakhuizen.'

De Cock spreidde zijn handen.

'Ik weet het niet. Ik ben er een lange tijd niet in de buurt geweest. Vroeger kwam ik daar vaak. Er woonde een vriend van mij op de Zandhoek. Toen hadden die oude pakhuizen nog een functie. Nu zijn veel van die eeuwenoude gebouwen tot appartementen omgebouwd. Het schijnt, dat de zogeheten 'yuppies' veel geld voor zo'n appartement over hebben.'

'Zou Sonja van Poeldijk daar wonen?'

'Dat vermoed ik.'

Vledder reageerde verwonderd.

'Heeft ze met een deeltijdbaantje dan zoveel geld, dat zij zich zo'n appartement kan veroorloven?'

De Cock trok zijn schouders op.

'Misschien woont ze wel met zo'n yuppie samen? Voor een aantrekkelijke jonge vrouw is er altijd wel geld te verdienen.'

'Je bedoelt als escort- of callgirl?'

'Precies.'

Vledder schudde zijn hoofd.

'Zo'n type lijkt ze me niet.'

De Cock glimlachte.

'Laten we vriendelijk aannemen, dat ze bemiddelde ouders heeft of dat onlangs een rijke oom van haar is gestorven.'

De oude rechercheur trok een dwarse denkrimpel in zijn voorhoofd.

'Heb je haar nog in onze administratie nagetrokken?'

Vledder knikte.
'Ze komt helemaal niet voor. Ze is nog nooit met de politie of justitie in aanraking geweest. Als jij middels dat glas geen vingerafdrukken van haar had gestolen, dan had Ben Kreuger nooit kunnen constateren, dat haar verhaal over een deeltijdbaan bij Emile van den Aerdenburg een leugen was.'
De Cock wreef zich achter in zijn nek.
'Ik had vanmorgen in Baarn bij mevrouw Van Ieperen naar haar moeten informeren. Misschien, dat zij ons had kunnen inlichten.'
Hij schudde zijn hoofd.
'Ik heb er niet aan gedacht.'
Ze reden achter het Centraal Station langs, over de De Ruijterkade naar de Westerdoksdijk. Vandaar, via het Barentszplein, Bokkinghangen, een smal ophaalbruggetje en de Zandhoek bereikten ze de Realengracht.
Vledder vond voor de oude Volkswagen nog een parkeerplaatsje aan het water. De gevels van de oude pakhuizen waren zo veel als doenlijk intact gehouden en toonden tegen een grauwe wolkenhemel een markante aanblik. Toch was duidelijk te zien, dat de oude gebouwen niet meer als opslagplaats van goederen werden gebruikt. Sporen van intensieve bewoning waren zichtbaar.
De Cock plukte een papiertje uit het borstzakje van zijn colbert en raadpleegde zijn notitie. 'Driehonderdvierentachtig,' las hij hardop.
Vledder liep voor hem uit naar een brede groene toegangsdeur en voelde aan een grote koperen knop. Toen hij daar aan draaide, gaf de deur mee.
De Cock duwde het papiertje weer in zijn borstzak en liep achter hem aan.
Via de groene deur bereikten ze een ruime, hoge hal met witte granolwanden waarop rechts een lichtmetalen tableau met drukknoppen en rozetten van spreekgaatjes. De Cock liet zijn blik langs de namen glijden. Sonja van Poeldijk, zo leerde hem het tableau, had een appartement op de tweede etage.
De grijze speurder grinnikte.
'Ze woont hier. Dat was in ieder geval geen leugen.' Hij keek naar Vledder op. 'Wat zullen we doen... een aanval bij verrassing?'
De jonge rechercheur schudde zijn hoofd.
'We drukken hier gewoon op dat knopje en melden ons als ordentelijke politiemensen.'

De Cock snoof.
'Zoals je wilt,' sprak hij gelaten. Met de dikke middelvinger van zijn rechterhand drukte hij op het knopje naast 'S. van Poeldijk' op een zwart plastic naambordje met witte letters.
Er kwam geen enkele reactie. Na enige tijd drukte hij weer. Toen er weer geen reactie kwam, trok hij een grimas en liep de houten trap op, die onmiddellijk naast het lichtmetalen tableau begon.
Vledder kwam met duidelijke tegenzin achter hem aan.
Na twee trappen bereikten de rechercheurs een ruim portaal met een smalle plantenbak met hydro-cultuur en een foeilelijk sculptuurtje in een verlichte nis.
Naast een opdekdeur met een doorkijkglaasje stond 384. De Cock voelde aan de deurknop. De deur was op slot.
Onder de afkeurende blikken van zijn jonge collega nam de oude rechercheur het apparaatje van Handige Henkie uit zijn broekzak en koos een ragfijn stalen pennetje.
Het duurde nog geen minuut. Toen duwde hij de deur open. Even aarzelde hij, wachtend op een reactie. Toen die niet kwam, stapte hij naar binnen... kalm, behoedzaam, bedacht op gevaar.
Vledder liep hem na en sloot de deur achter zich.
De Cock snoof. Dat deed hij vrijwel altijd als hij ergens binnendrong. Volgens zijn eigen theorie had elk vertrek een nestgeur, die hem vertelde of hij welkom was of niet. De oude rechercheur trok een bedenkelijk gezicht. Het vleugje parfumgeur, dat zijn neusgaten binnendrong, was hem aangenaam, maar er waren andere impulsen, die wreed storend op hem afkwamen.
Na een kleine hal met een diepe garderobe-nis, kwamen ze in een groot vertrek met een fraai uitzicht over de Realengracht en het oude Prinseneiland. De wanden van de kamer waren uitgevoerd in steriel wit met op de vloer een hoogpolig Berber-tapijt, waarop hangmatten aan fragiele verchroomde poten. Het was een modern interieur, dat hij bij vele jonge mensen aantrof.
De Cock liet zijn scherpe blik door de kamer dwalen. Plotseling werd zijn aandacht getrokken door kleine scherven van wit porselein. Ze lagen bij een ronde tafel met een dikke rookglazen plaat. In het hoge Berber-tapijt waren ze bijna niet zichtbaar. Hij keek om zich heen. De pot of vaas, waarvan de scherven afkomstig waren, kon hij niet ontdekken. Het wekte zijn argwaan.
Speurend liep hij door naar een aangrenzende slaapkamer. Verstijfd

van schrik bleef hij daar staan. Aan een groen gordijnkoord hing het lijk van Sonja van Poeldijk. Haar licht golvend kastanjebruin haar hing als een sluier voor haar opgezwollen gezicht.
Vledder hijgde.
'Ze heeft zich opgehangen.'
De oude rechercheur reageerde niet. Hij liep naar het omgevallen krukje onder haar lichaam. Met een snelle beweging trok hij een schone zakdoek uit zijn broekzak, deed die om een poot en zette het krukje overeind. Wat hij reeds vermoedde, werd bewaarheid. Tussen de bovenzijde van het krukje en de voeten van Sonja van Poeldijk stak nog ruim een handbreedte.
Hij draaide zich om naar Vledder.
'Bel de meute... het is moord.'

De Cock deed de toegangsdeur tot het appartement open en liet Bram van Wielingen binnen. De fotograaf keek hem nijdig aan. 'Hoe vaak heb je mij van de week al laten opdraven?' vroeg hij snauwerig. 'Je houdt mij wel voortdurend aan het werk.'
De Cock trok een grijns.
'Ik niet... de misdaad.'
Bram van Wielingen liep hem brommend voorbij.
'Ik hoop, dat je er nog eens allergisch voor wordt.'
De Cock reageerde niet. Met een knipoog begroette hij Ben Kreuger, die met zijn koffertje achter de mopperende fotograaf binnentrad.
Op het portaal bij de smalle plantenbak stond een oudere dame. De grijze speurder liep op haar toe.
'Woont u hier?' vroeg hij vriendelijk.
De dame knikte naar een aangrenzende deur.
'Is er wat met Sonja?' vroeg ze nieuwsgierig.
De Cock trok een droevig gezicht.
'Sonja... Sonja is dood.'
Het dametje sloeg haar hand voor haar mond.
'Heeft ze zichzelf iets aangedaan?'
De Cock keek haar peinzend aan.
'Waarom denkt u dat?'
Het dametje schudde bedroefd haar hoofd.
'Sonja deed de laatste tijd een beetje vreemd,' sprak ze triest. 'Ze was zo down, zo terneergeslagen. Vroeger klopte ze in de morgen

wel eens vrolijk bij mij aan... gewoon voor een praatje... een babbeltje... een kopje koffie. Maar nu is ze al in geen weken bij mij op bezoek geweest.'
'Een tikkeltje van streek?'
Het dametje knikte met een ernstig gezicht.
'Zo mag u dat wel noemen,' sprak ze nadenkend. 'Vorige week kwam ik haar op het Barentszplein bij de Zandhoek tegen. Ik ging blij naar haar toe, maar ze liep mij straal voorbij. Ze zag mij niet eens.'
'Kent u de oorzaak?'
'Hoe het komt, dat Sonja zo in de war was?'
'Dat bedoel ik.'
Op het gezicht van het dametje kwam een pijnlijke trek.
'Dat... eh, dat weet ik niet... niet zo precies. Mooie jonge vrouwen hebben nog wel eens de neiging om in moeilijkheden te komen.'
'Waren er mannen in haar leven?'
Het dametje gebaarde wat vaag.
'Och, er kwam wel eens een wat oudere man op bezoek. Maar dat leek meer een familielid. Een oom of zoiets. Ze was niet het type van een vlinder. Echt met mannen hield Sonja zich niet op. Ze had een vriendin. En die...' Het dametje stokte en keek peinzend voor zich uit. 'Ik denk, dat het toen begonnen is.'
'Wanneer?'
'Toen die vriendin niet meer kwam... plotseling helemaal wegbleef... vanaf dat moment heb ik geen enkel contact meer met Sonja gehad.'
'Was er ruzie geweest?'
Het oude dametje schudde haar hoofd.
'Dat denk ik niet. Nee. Het waren echte boezemvriendinnen. Al van kinds af aan... samen op dezelfde school... vaak hetzelfde gekleed. Die vriendin van Sonja trouwde met ene Pierre Geldrop. Een knap ventje wel. Een beetje sullerig, slap. Het huwelijk liep ook al gauw stuk. Toen is Tanja bij Sonja ingetrokken.'
'Hier in het appartement?'
'Ja.'
Ineens voelde De Cock een geweldige dreun onder zijn schedeldak.
'U... eh, u zei Tan-ja,' riep hij verrast. 'Die vriendin van Sonja heette Tanja?'
Het dametje keek verwonderd naar hem op.

'Tanja,' herhaalde ze knikkend, 'Tanja Geldrop. Haar naam heeft nog beneden op het tableau gestaan.'
De Cock greep met beide handen naar zijn hoofd.
'Waar is die Tanja gebleven?'
Het oude dametje trok haar schouders op.
'Dat weet ik niet. Ik zei u al; plotseling zag ik haar niet meer. Ik was er ook erg nieuwsgierig naar waar ze was gebleven. Ik had het Sonja ook steeds willen vragen, maar...'
Met zijn handen op zijn rug en een opgewonden kleur op zijn gezicht kwam Vledder uit het appartement stappen.
'O, ben je hier,' sprak hij verwonderd. 'Ik zocht je.'
De oude rechercheur draaide zich half om.
'Voor ik het vergeet... kijk eens in de vuilnisbakken of daarin ergens een gebroken schaal, bol of vaas van wit porselein ligt. En als dat het geval is, wees er dan voorzichtig mee en laat die door Ben Kreuger op vingerafdrukken onderzoeken. Laat hem in ieder geval de scherven, die je bij de ronde tafel in het Berber-tapijt kunt vinden, zorgvuldig inkwasten.'
Vledder bleef aarzelend staan. Wat schichtig keek hij in de richting van het oude dametje.
'Ik... eh, ik moet je wat laten zien.' Hij nam zijn handen van zijn rug en hield De Cock een blocnote voor. 'Uit haar schrijfbureau... het priegelschrift.'

18

De Cock liet zich in zijn stoel achter zijn bureau zakken.
'Heb je nog wat in de vuilnisbak gevonden?'
Vledder knikte.
'Een vrij zware vaas. Ik heb de brokstukken aan Ben Kreuger meegegeven.' De jonge rechercheur maakte een grimas.
'Die mistige affaire van de dreigbrieven kunnen we nu wel afsluiten.'
De Cock keek hem verwonderd aan.
'Hoezo?'
De jonge rechercheur grijnsde.
'Die worden niet meer geschreven.'
Het klonk cynisch.
De Cock wees naar de blocnote met priegelschrift voor zich op zijn bureau. 'Het is wel duidelijk, dat Sonja van Poeldijk die dreigbrieven schreef... maar was ze ook de vrouw, die Emile van den Aerdenburg en Jacques van Ieperen vermoordde en op Arend Harredijke schoot?'
'Ze was er in ieder geval bij betrokken.'
De Cock knikte traag.
'De vraag is hoe? En waarom?' Hij zuchtte diep. 'En wat misschien nog belangrijker is... waarom vond iemand het noodzakelijk om haar voor eeuwig het zwijgen op te leggen?'
Vledder keek bewonderend naar hem op.
'Hoe zag je direct, dat het moord was?'
De Cock spreidde zijn beide handen.
'Het krukje. Het is niet de eerste keer, dat men een wurgmoord door een zelfmoord middels ophanging wil camoufleren. Dat is al vaker vertoond. Maar ik loop te lang in dit vak mee om mij daardoor nog te laten misleiden.
'Als het een echte zelfmoord was geweest, dan had Sonja van Poeldijk nooit op dat krukje kunnen staan om het daarna om te schoppen. Ze hing te hoog. De moordenaar of moordenares heeft het lichaam over de deur te hoog opgetrokken. Dat krukje heeft hij of zij later onder de voeten van Sonja gelegd en er niet op gelet of de hoogte wel klopte.'
Vledder trok zijn wenkbrauwen samen.

'Als ik het goed begrijp,' sprak hij ernstig, 'dan werd ze eerst met dat gordijnkoord gewurgd en daarna aan datzelfde koord opgehangen?'
De Cock knikte traag.
'Ik ben er vrijwel van overtuigd, dat er een ruzie aan vooraf is gegaan en dat Sonja van Poeldijk tijdens die ruzie met die porseleinen vaas op haar hoofd is geslagen. Ik kreeg argwaan toen ik die scherven in het tapijt zag. Ik denk, dat de dader of daderes die scherven over het hoofd heeft gezien, toen hij of zij de gebroken vaas wegwerkte.' Hij grinnikte. 'Bij een zelfmoord behoort in de regel geen gebroken vaas... wel bij een ruzie.'
Vledder trok een denkrimpel in zijn voorhoofd.
'Zou die Tanja Geldrop er iets mee te maken hebben? Dat oude dametje zegt wel, dat ze niet in een ruzie gelooft, maar het is toch vreemd, dat ze plotseling uit het appartement verdween en dat vanaf dat moment Sonja een opmerkelijk afwijkend gedrag vertoont.'
'Heb je Bram Brakel al gebeld?'
'Ja, maar hij was niet op de krant.'
'En thuis?'
'Ook niet.'
De Cock gebaarde naar de telefoon.
'Probeer het nog eens.'
Vledder greep de hoorn van het toestel en draaide het nummer van het dagblad *De Telegraaf*.
De Cock kwam van achter zijn bureau vandaan en begon door de grote recherchekamer te stappen. In zijn trage, slenterende tred lieten zijn gedachten zich gemakkelijker ordenen. De gewelddadige dood van Sonja van Poeldijk had hem sterk aangegrepen. Sterker dan de dood van Van den Aerdenburg en Van Ieperen, waarbij hing weinig emotionele betrokkenheid had gevoeld.
Haar handschrift wees uit, dat Sonja van Poeldijk bij de moord op de beide compagnons een rol had gespeeld. Welke? Waren de dreigbrieven die ze schreef, een eigen initiatief of had iemand haar daartoe aangezet? Wie? Tanja Geldrop?
Vledder legde de hoorn op het toestel terug. De Cock liep geschrokken naar hem toe. Het gezicht van de jonge rechercheur was wit weggetrokken.
'Wat is er?'
Vledder sloot even zijn beide ogen.
'Tanja,' sprak hij toonloos, 'Tanja Geldrop is dood. Twee maanden

geleden is ze levenloos uit het water van de Keizersgracht gevist.'
De Cock voelde hoe een koude rilling door zijn lijf trok. Het bracht zijn denkvermogen totaal tot stilstand. Even. Enkele seconden. Toen kwam het weer vol in bedrijf.
'Waar?'
'Wat bedoel je?'
'Waar werd ze opgevist... waar op de Keizersgracht?'
Vledder trok wat hulpeloos zijn schouders op.
'Dat weet ik niet. Dat heeft Bram Brakel niet gezegd. Ik denk, dat hij dat ook niet weet.'
De Cock klemde zijn lippen op elkaar.
'Dat moet te vinden zijn.' Hij wees omhoog. 'Duik boven eens in de administratie. Daar moeten aantekeningen van zijn... een proces-verbaal van lijkvinding. Als je er zelf niet helemaal uitkomt, vraag dan of Afra Molenkamp je even helpt.'
Vledder keek op zijn horloge.
'Realiseer je je, dat het al bijna tien uur is. Die van de administratie zijn al lang naar huis.'
De Cock wreef zich achter in zijn nek.
'Pak de sleutel van de administratie,' gebood hij, 'en zoek het op. Ik wil het weten.'
Vledder verliet de recherchekamer.
De grijze speurder voelde zich onrustig. Zijn bekwame hersenen werkten op volle toeren. Hij liet alle gebeurtenissen nog eens aan zijn geest voorbijtrekken, vond tientallen constructies en varianten, maar kon geen oplossing vinden, die hem volledig bevredigde.
Na ruim tien minuten kwam Vledder in de recherchekamer terug. De jonge rechercheur zag er vermoeid en ontdaan uit.
De Cock keek hem gespannen aan.
'Heb je het gevonden?'
Vledder knikte.
'Het lijk van Tanja Geldrop dreef in de Keizersgracht precies op de plek, waar de beide vermoorde compagnons tegen een boom geleund over het water staarden.'

Op het drukke Stationsplein stapte De Cock uit de tram. Aan zijn rechterhand bungelde een plastic draagtasje met een boek. Met een norse trek op zijn gezicht sjokte hij met de stroom voetgangers mee naar het brede trottoir van het Damrak. Hoewel hij de oplossing van

het mysterie kende, wist wie voor de moorden verantwoordelijk was, voelde hij zich niet geheel voldaan. Het had naar zijn gevoel te lang geduurd... te lang had hij zich laten misleiden en het bedrog niet doorzien.
Maar de wetenschap de moordenaar te kennen, had hem een goede nachtrust bezorgd. Voor het eerst sinds een paar dagen had hij zich onbekommerd in Morpheus' armen geworpen.
Hij keek schuin links omhoog. Het regende niet, maar de lucht boven de oude achtergevels van de Warmoesstraat zag er grauw en dreigend uit. Ook de weerberichten bleven spreken van aanhoudende regen en veel wind.
Zijn blik dwaalde naar rechts, naar de etalages met kerstartikelen. Het bracht een glimlach om zijn mond. Van één ding was hij overtuigd... voordat de kerstklokken begonnen te beieren, had hij de zaak van de dodelijke dreiging tot een einde gebracht.
Bij de Oudebrugsteeg stak hij voor een aanstormende tram de rijbaan van het Damrak over en kuierde op zijn gemak naar de Warmoesstraat.

De Cock wierp zijn oude hoedje naar een haak van de kapstok en miste. Daarna deed hij zijn regenjas uit en raapte zijn hoedje op.
De vingers van Vledder gleden razendsnel over de toetsen van zijn elektronische schrijfmachine. Toen hij De Cock in het oog kreeg, liet hij zijn vingers rusten.
'Je bent laat.'
De oude rechercheur knikte gelaten.
'En jij hebt wallen onder je ogen.'
Vledder maakte een hulpeloos gebaartje.
'Ik heb vannacht geen oog dichtgedaan. Ik ben in gedachten voortdurend met die zaak bezig geweest. Ik kom er gewoon niet uit. Ik heb het gevoel, dat nu alle mensen die ons iets zouden kunnen vertellen, dood zijn.'
De Cock knikte instemmend.
'Dat gevoel heeft de moordenaar ook.'
'Moordenaar?'
'De Cock knikte opnieuw.
'Het is een man.'
Vledder keek hem verbijsterd aan.
'Jij weet wie het is?'

De oude rechercheur grijnsde breed.
'Boerke Naas.'
Vledder keek hem met open mond aan.
'Boerke Naas?'
In zijn stem trilde ongeloof.
De Cock nam het boek uit het plastic draagtasje en wierp het de jonge rechercheur toe.
'*Versjes uit de Oude Tijd*. Ik kon gisteravond net als jij de slaap niet vatten. Dat boekje van die uitgever uit Baarn lag binnen handbereik. Uit baloroigheid... om even van gedachten te veranderen, heb ik dat boekje gepakt en ben gaan lezen.' De grijze speurder zuchtte. 'Toen kwam ik Boerke Naas tegen.'
'Wie is Boerke Naas?'
De Cock reikte voorover, pakte het boek terug en begon te bladeren.
'Het is een gedichtje van de Vlaamse priester-dichter Guido Gezelle. Het verhaalt van een boertje, dat in de stad een paar runderen had verkocht en met de opbrengst daarvan op weg naar huis door een struikrover met een pistool in zijn hand wordt overvallen.' Hij zweeg even en hield het boek open voor zich. 'Ik zal nu Guido Gezelle even aan het woord laten.' Declamerend ging hij verder:
'Boerke Naas, die alle dagen vijf, zes kruisgebeden bad
om lang te mogen leven, peinst hoe hij in de nesten zat.
'Hoor, mijn vriend,' sprak hij, 'toon dat ge minzaam zijt,
schiet een kogel door mijn hoed en spaar mij het vrouwverwijt.
Ik zal zeggen, als ik thuis kom, men heeft mijn geld geroofd,
een haartje scheelde het of ik had een kogel door mijn hoofd.'
De dief, die meer van duiten hield, dan van de boer zijn bloed
schoot rap een kogel door het topje van zijn hoed.
'Bedankt,' zei Naas: 'Schiet nu een door mijn kleed.'
De dief legt aan en Naaske houdt zijn jas daarvoor gereed.
'Schiet nu nog door mijn broek,' zei Naas, 'dan denkt mijn vrouw voorwaar,
als dat ik bij mirakel ben ontsnapt aan lijfsgevaar.'
De Cock klapte het boek dicht.
'Dat was het.'
'Wat?'
'De aanwijzing, die mij de oplossing bracht.'
Vledder keek hem sullig aan.
'Dat snap ik niet.'

De Cock schoof het boek met versjes van zich af.
'Daar was ik al bang voor,' sprak hij droevig.
Vledder leunde op zijn schrijfmachine.
'Wat heeft dit met onze zaak te maken?'
'Alles.'
Vledder grinnikte.
'Er is in onze zaak in het geheel geen sprake van een beroving.'
De Cock zuchtte.
'Het gaat niet om de beroving,' sprak hij geduldig. 'Het gaat om de houding... het gedrag van Boerke Naas.' Hij stond op en liep naar de kapstok.
Vledder liep hem na.
'Waar ga je heen?'
De Cock draaide zich half om.
'Waar gaan *wij* heen,' verbeterde hij.
Vledder monsterde het gezicht van de grijze speurder.
'Waar gaan *wij* heen?' herhaalde hij timide.
De Cock pakte zijn hoedje.
'Naar Ermelo... Arend Harredijke arresteren voor een drievoudige moord.'

19

De Cock zat thuis in zijn brede fauteuil bij de haard. Naast hem, op een bijzettafeltje, stonden een fles fijne cognac en enige fraaie, diepbolle glazen.
De oude rechercheur keek naar het lange bleke gezicht van commissaris Buitendam. Hij had hem uitgenodigd voor het slotakkoord, zoals hij zo'n laatste bespreking altijd noemde, en tot zijn verbazing had de politiechef zijn uitnodiging aanvaard. Naast de commissaris zaten wat onwennig Dick Vledder en Appie Keizer.
De Cock schonk klokkend in en deelde de glazen rond. Zijn vrouw bracht schalen vol lekkernijen.
Commissaris Buitendam boog zich iets naar voren.
'Ik heb begrepen,' sprak hij geaffecteerd, 'dat die heer Harredijke van *De Grafische Heraut* ons op een verschrikkelijke manier om de tuin heeft geleid.'
De Cock reageerde niet. Hij nam een slok van zijn cognac en keek in de richting van Vledder.
'Weet je, dat wij enige dagen geleden op nog geen twee meter afstand van de oplossing van het drama hebben gestaan?'
De jonge rechercheur keek hem verward aan.
'Nog geen twee meter?'
De Cock knikte.
'Men zou als rechercheur een beetje helderziende moeten zijn,' verzuchtte hij. 'Herinner jij je, dat wij op de parkeerplaats van het Tulp-ziekenhuis in Amstelveen met onze oude Volkswagen naast een lichtgrijze Mitsubishi Galant stonden?'
'Ja.'
De Cock glimlachte.
'Dat was de wagen van Arend Harredijke. Als ik toen met het apparaatje van Handige Henkie het kofferdeksel van die wagen had opengemaakt, dan hadden wij de zaak opgelost en het bewijs geleverd.' Hij tastte in een zijzak van zijn colbert. Daarna bracht hij zijn rechterhand naar voren. In zijn handpalm lagen twee kogels. 'Die misten wij de eerste avond al. Jaap Alberts had ze niet in de kleding van de vermoorde Emile van den Aerdenburg kunnen vinden.'
Vledder trok een ernstig gezicht.
'Die kogels zijn tijdens het vervoer van het lijk van Van den Aerden-

burg in de bagageruimte van de wagen van Harredijke achtergebleven?'
De Cock zette zijn glas op de bijzettafel.
'Precies. Daar heb ik ze gevonden. De luitjes van het laboratorium in Den Haag zullen ongetwijfeld bevestigen, dat die twee kogels afkomstig zijn uit hetzelfde wapen, waarmee ook Jacques van Ieperen werd vermoord.'
Vledder bracht in een wanhoopsgebaar zijn beide handen naar zijn hoofd.
'Wie schoot er dan op Arend Harredijke?'
'Niemand.'
'Niemand?'
'Nee.'
Vledder grinnikte vreugdeloos.
'Maar hij had toch een wond aan zijn arm en er zaten kogelgaten in zijn colbert. Dat... eh, dat hebben we toch samen gezien? Daar heeft de recherche van Amstelveen foto's van gemaakt.'
De Cock kauwde knikkend op zijn onderlip.
'Ik heb mij door dat heerschap aardig in de maling laten nemen. Eerst dat gedichtje van Guido Gezelle over Boerke Naas bracht mij op het goede spoor.
'Arend Harredijke acteerde alsof er op hem was geschoten. Hij bezorgde zichzelf een vleeswond aan zijn arm en schoot met zijn eigen pistool door zijn colbert. Uiteraard toen hij dat kledingstuk niet droeg. Hij liet ook aan zichzelf dreigbrieven schrijven en deed bij jou aan de Warmoesstraat aangifte van bedreiging.'
'En die vrouw op de motorfiets?'
'Die bestond alleen in de fantasie van Arend Harredijke.'
Vledder spreidde verbijsterd zijn beide handen.
'Maar waarom?'
De Cock zuchtte.
'Het was heel handig bedacht. Door die stunt plaatste de heer Harredijke zich op één lijn met de slachtoffers. Hij bracht ons er toe om te denken, dat ook zijn leven werd bedreigd. Hij liet zelfs de hoofdredacteur van *De Grafische Heraut* met de Officier van Justitie bellen. Het was alles bluf en misleiding.'
Commissaris Buitendam wenkte om aandacht.
'Ik geloof, dat je de vraag van Vledder niet hebt beantwoord. Het doel van de camouflage, die de heer Harredijke toepaste, is ons nu

wel duidelijk. Maar het waarom van de moorden niet.
De Cock liet zich in zijn fauteuil achterover zakken.
'Van het begin af was ik overtuigd,' ging hij onverstoord verder, 'dat het plaatsen van het lijk van Van den Aerdenburg tegen een boom aan de rand van de Keizersgracht een betekenis moest hebben. Ik werd in die overtuiging nog gesteund toen het lichaam van de dode Jacques van Ieperen op eenzelfde wijze in de stromende regen tegen een boom was gezet. Het was duidelijk een symbool. Maar waarvan?'
'Ook besefte ik, dat voor het vervoer van de lijken vanaf het kantoor op Keizersgracht 1119 naar de vindplaatsen gebruik moest zijn gemaakt van een auto of een gesloten kar.' Hij zweeg even en bracht zijn wijsvinger voor zijn neus.
'En dat de feitelijke daad... het neerschieten, gevolgd door het vervoer en het plaatsen van de lijken tegen een boom, vrijwel onmogelijk door één man of één vrouw kon zijn gebeurd.
De oude rechercheur spreidde zijn handen en zuchtte.
'Maar al mijn overwegingen,' vervolgde hij, 'brachten mij geen steek verder. Ik kwam ook niet tot een sluitend motief. Steeds was daar als een storende dissonant die Arend Harredijke, die in het rijtje van slachtoffers feitelijk niet paste.
'Er was wel iets dat mij bevreemdde. Zowel Van den Aerdenburg als Van Ieperen was door een goede schutter omgebracht. De kogelgaten in hun borst zaten in een kleine kring bij elkaar. Dat was een duidelijk teken, dat de dader de schietkunst terdege beheerste. Wat mij een weinig verbaasde was, dat diezelfde schutter bij de moordaanslag op Arend Harredijke zo jammerlijk had gefaald. Maar dat bracht mij er toch niet toe om de journalist te verdenken. In mijn gevoel was hij nog steeds slachtoffer in plaats van dader.'
Commissaris Buitendam wenkte opnieuw om aandacht.
'Het is ons inmiddels wel duidelijk wie de moorden heeft gepleegd,' sprak hij met een licht sarcasme. 'Ik wil weten waarom!'
In zijn stem trilde ongeduld.
De Cock knikte traag voor zich uit.
'Tanja Geldrop,' sprak hij somber, 'was de enige dochter van Arend Harredijke.'
Vledder kwam met een ruk naar voren.
'Zijn dochter?'
De Cock knikte opnieuw.

'De dochter over wie Charlotte Overdinkel, de ex-vrouw van Emile van den Aerdenburg sprak toen ik haar vroeg of ze de heer Harredijke kende.'
Vledder slikte.
'En het dode lichaam van die Tanja werd uit het water van de Keizersgracht gevist exact op de plek waar later de lijken van Van den Aerdenburg en Van Ieperen tegen een boom werden gezet.'
'Precies... als symbool.'
Buitendam zwaaide met zijn beide armen.
'Als symbool van wat?'
De Cock keek in zijn richting.
'Wraak... straf... vergelding.' Hij nam een slok van zijn cognac.
'Als u mij even de gelegenheid geeft, dan zal ik proberen de achtergronden te schetsen.
'Ik heb vanmiddag Arend Harredijke urenlang verhoord... of feitelijk was het geen verhoor... meer een gesprek tussen twee al wat oudere mannen over emoties. Arend Harredijke is een merkwaardig man. Het type van 'Himmelhoch jauchzend, zum Tode betrübt.' Enige jaren geleden stierf zijn vrouw na een langdurige ziekte. Tanja was toen bijna meerderjarig. Ze wilde net als haar vader in de journalistiek. Ze had beslist aanleg. Harredijke zorgde ervoor, dat ze als freelance-journaliste voor *De Grafische Heraut* kon werken.
'Harredijke nam haar ook altijd mee naar de feestjes, die Emile van den Aerdenburg in zijn woning aan de Churchilllaan gaf. Tanja verwonderde zich over de pracht en praal, waarmee Van den Aerdenburg zich omringde. Het wekte haar nieuwsgierigheid. Toen ze er achter kwam, dat de omvang van de textielhandel, die Van den Aerdenburg en zijn compagnon dreven, onmogelijk toereikend was voor de exclusieve levensstijl van de beide heren, besloot ze tot een verder onderzoek.
Het bleek haar, dat Emile van den Aerdenburg in het Verre Oosten... Thailand, Sri Lanka, maar ook in Derde-Wereldlanden in Midden-Afrika, zoals Angola, Tanzania en Zaïre, regelmatig kleine mode-ateliers bezocht. Weliswaar deed hij kleine inkopen, maar zijn aandacht was veel meer gericht op de meisjes en jonge vrouwen die daar werkten.
'Wanneer hij een geschikte jonge exotische vrouw vond, dan bood hij haar een job aan in Nederland als mannequin. Vele jonge vrouwen... vaak meisjes nog... gingen op zijn aanbod in. In Nederland

kregen ze een korte opleiding in bewegingsleer en genoten daarna de eer om op te treden in de grote modeshows, die Emile van den Aerdenburg in zijn landhuis 'De Aerdenburcht' hield. Het werd meest ook hun laatste optreden als mannequin, want in het landhuis waren de eigenaars en uitbuiters van sekshuizen en bordelen uitgenodigd om de 'waar' te bekijken en werden de vrouwen bij opbod verkocht.'

Vledder sloeg zijn rechterhand voor zijn mond.

'Vrouwenhandel.'

De Cock knikte.

'Een uiterst lucratieve zaak. Tanja Geldrop, die voor ons verwarrend, de naam voerde van de man, met wie ze slechts een klein jaar getrouwd was geweest, besloot de heren aan de kaak te stellen. Met behulp van Sonja van Poeldijk, haar vriendin, schreef ze over de affaire een serie artikelen. Voor ze die ter publikatie aanbood, stuurde ze een kopie naar de beide heren compagnons om commentaar.

'Ik denk, dat Van den Aerdenburg en Van Ieperen hevig zijn geschrokken. Ze nodigden Tanja uit voor een gesprek in hun kantoor aan de Keizersgracht. Tanja ging. Wat er in dat kantoor is gebeurd, zullen we nooit meer weten. Vermoedelijk heeft men haar bedwelmd en haar lichaam in de gracht laten glijden, waarna ze verdronk. Een paar dagen later dreef haar lijk in de Keizersgracht.'

De Cock zweeg. Vermoeid. Een ieder was stil. Zelfs de commissaris bewoog niet.

De oude rechercheur schonk nog eens in en nam een slok.

De warmte van de cognac dreef iets van de kilte uit zijn botten. Eerst na een paar minuten ging hij verder.

'Arend Harredijke wist niets van het onderzoek van zijn dochter. Na het bericht van haar dood nam hij contact op met Sonja van Poeldijk en las toen voor het eerst wat Tanja had geschreven.

'Arend Harredijke was er onmiddellijk van overtuigd, dat Emile van den Aerdenburg en zijn compagnon voor de dood van zijn dochter verantwoordelijk waren. Sonja van Poeldijk wilde de artikelen aan de politie overhandigen voor een nader onderzoek naar de dood van Tanja en het gedrag van beide heren.

'Harredijke wilde daar niets van weten. Hij wantrouwde politie en justitie. Het strafrechtelijk klimaat in Nederland achtte hij niet geschikt voor een effectieve berechting. Wereldvreemde psychiaters,

milde rechters, cellentekort, justitiële blunders... alles kon er toe bijdragen, dat Van den Aerdenburg en Van Ieperen hun gerechte straf zouden ontlopen.
'Hij besloot tot executie en vroeg aan Sonja van Poeldijk om hem daarbij behulpzaam te zijn.'
Commissaris Buitendam ademde diep.
'Eigenrichting.'
De Cock knikte traag voor zich uit.
'Arend Harredijke smeedde een ingenieus plan... met als basis, dat de beide compagnons van alles zouden proberen om de publikatie van de voor hen zo belastende artikelen tegen te gaan. Sonja van Poeldijk zou daarbij als lokaas fungeren. Ze zou de heren dreigbrieven sturen en hen telefonisch benaderen met de mededeling, dat zij nu in het bezit was van de artikelen van haar vriendin Tanja en dat zij bereid was om over de artikelen te onderhandelen. Niet met beide heren samen, zoals Tanja had gedaan... maar met ieder afzonderlijk.
'Sonja van Poeldijk vond het een goed plan en was bereid om haar medewerking te verlenen... onder één voorwaarde.'
Vledder keek gespannen naar hem op.
'En dat was?'
De Cock gebaarde in zijn richting.
'Dat na de executie van de beide mannen de serie artikelen van Tanja alsnog werden gepubliceerd... met een aanvullend artikel van Harredijke, waarin beiden hun daad motiveerden, waarna zij zich voor een berechting bij de politie zouden melden.'
Commissaris Buitendam vouwde zijn beide handen.
'Daarin stak toch iets nobels.'
De Cock reageerde niet.
'Toen de executie was voltrokken,' ging hij verder, 'kreeg Arend Harredijke... wat men zou kunnen noemen... een vlaag van hoogmoedswaanzin. Hij meende twee perfecte moorden te hebben gepleegd... zo perfect, dat zelfs een bekwaam rechercheur als De Cock ze niet had kunnen ontrafelen.
'Hij meende ook, dat hij in zijn positie als vader van een vermoorde dochter volkomen het recht had om dat vonnis ten uitvoer te brengen. Dat Sonja van Poeldijk als intieme vriendin van zijn dochter hem daarbij had geholpen, vond hij vanzelfsprekend.
'Toen Sonja van Poeldijk hem in haar appartement aan de Realen-

gracht herinnerde aan de afspraak, dat ze zich beiden bij de politie zouden melden, werd hij daarover zo kwaad, dat hij haar met een porseleinen vaas neersloeg en haar daarna wurgde.
'Vrijwel onmiddellijk na zijn daad trok iets van die waanzin weg en besefte hij wat hij had gedaan.'
Vledder grijnsde.
'Hij probeerde ons te doen geloven, dat het zelfmoord was.'
De Cock wreef met zijn vlakke hand over zijn gezicht.
'Ik heb vanmiddag uitgebreid met Harredijke over de begrippen 'schuld en boete' gesproken. Het vreemde is, dat hij over de in koelen bloede gepleegde moorden op de beide compagnons geen enkel gevoel van wroeging kent. Maar de toch min of meer emotionele moord op Sonja van Poeldijk drukt op hem als een loden last.'
De grijze speurder leunde in zijn fauteuil achterover. Hij nam nog een slok van zijn cognac, maar de kilte in zijn botten bleef.
Allen zwegen... elk verzonken in zijn eigen gedachten. Na enige tijd kwamen de gesprekken op gang en zakten de afschuwelijke moorden wat naar de achtergrond. In verband met kerstavond namen de gasten al vrij vroeg afscheid.
Toen ze vertrokken waren, nam mevrouw De Cock een leren poef en schoof die bij.
'Ik had gehoopt, dat ze het zouden vragen, maar dat deden ze niet.'
'Wat?'
'Waarom ging Sonja van Poeldijk naar het kantoor aan de Keizersgracht en zei tegen jou, dat ze daar had gewerkt?'
De Cock glimlachte.
'Jij let ook altijd zo goed op,' sprak hij bewonderend.
'Het was een foutje van Arend Harredijke. Hij had in het Tulpziekenhuis in Amstelveen zo overtuigend de rol gespeeld van een man, die ternauwernood aan een moordaanslag was ontsnapt, dat de behandelend arts besloot om hem ter observatie op te nemen.
'Hij kon toen in alle rust over alles nadenken. Plotseling overdacht hij, dat de kopie van de serie artikelen, die Tanja naar de compagnons had gestuurd, mogelijk in het kantoor aan de Keizersgracht lag opgeborgen. Hij was bang, dat wij van de recherche die kopie zouden vinden en daaruit snelle conclusies zouden trekken. Daarom stuurde hij Sonja met een sleutel, die hij van het pand had weten te bemachtigen, naar het kantoor. Harredijke hield er rekening mee, dat wij haar zouden overvallen. In dat geval moest Sonja zeggen, dat

ze parttime voor Emile van den Aerdenburg werkte. Hij vergat, dat dan in dat kantoor ook haar vingerafdrukken te vinden moesten zijn.'
'Lag die kopie daar?'
De Cock schudde zijn hoofd.
'Die had Van den Aerdenburg thuis in zijn safe.'
Mevrouw De Cock knikte begrijpend.
'Er komt vanavond op de televisie een kerkdienst uit zo'n vredig kerkje in de sneeuw in Oostenrijk. Zullen we er samen naar gaan kijken?'
'Dat is goed.'
Mevrouw De Cock stond op en liep naar de keuken.
De telefoon rinkelde.
De oude rechercheur nam de hoorn op en luisterde.
Het duurde maar kort. 'Bedankt, Jan,' sprak hij toonloos.
Met gebogen hoofd slofte hij naar zijn fauteuil terug en huilde.
Mevrouw De Cock kwam uit de keuken.
'Wat is er?' vroeg ze bezorgd.
'Jan Kusters belde. Arend Harredijke heeft in zijn cel kans gezien om zelfmoord te plegen.'
'En daar huil je om?'
De Cock schudde zijn hoofd.
'Niet om Arend Harredijke... niet om zijn dood. Ik huil om oorlog en vrede, om recht en onrecht... om al die dingen, die mensen zo in verwarring kunnen brengen.'

De volgende boeken van Baantjer zijn bij de Fontein verschenen:

1 1963 De Cock en een strop voor Bobby
2 1965 De Cock en de wurger op zondag
3 1965 De Cock en het lijk in de kerstnacht
4 1967 De Cock en de moord op Anna Bentveld
5 1967 De Cock en het sombere naakt
6 1968 De Cock en de dode harlekijn
7 1969 De Cock en de treurende kater
8 1970 De Cock en de ontgoochelde dode
9 1971 De Cock en de zorgvuldige moordenaar
10 1972 De Cock en de romance in moord
11 1972 De Cock en de stervende wandelaar
12 1973 De Cock en het lijk aan de kerkmuur
13 1974 De Cock en de dansende dood
14 1978 De Cock en de naakte juffer
15 1979 De Cock en de broeders van de zachte dood
16 1980 De Cock en het dodelijk akkoord
17 1981 De Cock en de moord in seance
18 1982 De Cock en de moord in extase
19 1982 De Cock en de smekende dood
20 1983 De Cock en de ganzen van de dood
21 1983 De Cock en de moord op melodie
22 1984 De Cock en de dood van een clown
23 1984 De Cock en een variant op moord
24 1985 De Cock en moord op termijn
25 1985 De Cock en moord op de Bloedberg
26 1986 De Cock en de dode minnaars
27 1987 De Cock en het masker van de dood
28 1987 De Cock en het lijk op retour
29 1988 De Cock en moord in brons
30 1988 De Cock en een dodelijke dreiging
31 1989 De Cock en moord eerste klasse
32 1989 De Cock en de bloedwraak
33 1990 De Cock en moord à la carte
34 1990 De Cock en moord in beeld
35 1991 De Cock en danse macabre
36 1992 De Cock en een duivels komplot
37 1992 De Cock en de ontluisterende dood
38 1992 De Cock en het duel in de nacht
39 1993 De Cock en de dood van een profeet
40 1993 De Cock en kogels voor een bruid
41 1994 De Cock en de dode meesters
42 1994 De Cock en de sluimerende dood
43 1995 De Cock en 't wassend kwaad
44 1995 De Cock en het roodzijden nachthemd
45 1996 De Cock en moord bij maanlicht
46 1996 De Cock en de geur van rottend hout
47 1997 De Cock en een dodelijk rendez-vous
48 1997 De Cock en tranen aan de Leie
49 1998 De Cock en het lijk op drift
50 1998 De Cock en de onsterfelijke dood
51 1999 De Cock en de dood in antiek
52 1999 De Cock en een deal met de duivel
53 2000 De Cock en dood door hamerslag
54 2000 De Cock en de dwaze maagden

Andere titels van Baantjer:
Rechercheur Versteegh en de dertien katten
Misdaad in het verleden
Een Amsterdamse rechercheur
Rechercheur Baantjer van Bureau Warmoesstraat vertelt, deel 1 t/m 10

Verkrijgbaar bij de boekhandel